U0657329

《中华文明史话》彩图普及丛书

诗 歌 史 话

《中华文明史话》编委会　编著

中国大百科全书出版社

图书在版编目（CIP）数据

诗歌史话 /《中华文明史话》编委会编. —北京：中国大百科全书出版
社，2009.4

（《中华文明史话》彩图普及丛书）

ISBN 978-7-5000-8119-7

Ⅰ.诗… Ⅱ.中… Ⅲ.诗歌史—中国 Ⅳ.I207.209

中国版本图书馆CIP数据核字（2009）第057796号

策　划　人：蒋丽君

丛书责编：胡春玲　　马丽娜

责任编辑：何　为

技术编辑：尤国宏　　贾跃荣

责任印制：乌　灵

中国大百科全书出版社出版发行

（北京阜成门北大街17号　邮政编码：100037 电话：010-883900317）

http://www.ecph.com.cn

新华书店经销

北京市俊峰印刷厂印刷

开本：720×1020 1/16 印张：7 字数：78千字

2009年4月第1版　2016年2月第8次印刷

印数：54001～57000

ISBN 978-7-5000-8119-7

定价：26.00元

《中华文明史话》编委会

主　　编：龚　莉
副主主编：辛德勇
编　　委：唐晓峰　　韩茂莉　　钟晓青
　　　　　吴玉贵　　彭　卫

《诗歌史话》
本书编撰：王　凯

北京大学教授 辛德勇

　　我不是一个科班出身的历史学工作者，基础的中国历史知识，几乎全部得自自学。所谓"自学"，也就是自己摸索着读书。在这个过程中，一些篇幅简短的历史知识小丛书，给我提供过非常重要的帮助，是引领我步入中华文明殿堂的有益向导。按照我所经历的切身感受，像这样简明扼要的小书，对于青少年和其他普通读者了解中国的历史文化，应当会有更大的帮助。现在摆在读者面前的这套《中华文明史话》彩图普及丛书，就是这样一部中国历史知识系列专题读本。

　　　编撰这样的历史知识介绍性书籍，首先是要保证知识的准确性。这一点说起来简单，要想做好却很不容易。从本质上来讲，这是由于历史本身的复杂性和认识历史的困难性所造成的，根本无法做到尽善尽美；用通俗的形式来表述，尤为困难。好在读者都能够清楚理解，它只是引领你入门的路标，中华文明无尽的深邃内涵，还有待你自己去慢慢一一领略。

这套《中华文明史话》彩图普及丛书，在首先注重知识准确性的基础上，编撰者还力求使文字叙述生动、规范，深入浅出，引人入胜；内容则注重富有情趣，具有灵动的时代色彩，希望能够集知识性、实用性、趣味性和时代性于一体；选题则努力契合社会公众所关注的问题；同时选配较多图片，彩色印刷，帮助读者更为真切地贴近历史。

生活在物质文化高度发达的当代社会而来学习久已逝去的历史知识，经常会有人提出为什么要读这些书籍的问题。中国古代士大夫对历史知识价值的阐释，是"以史为鉴"，即在现实社会生活中特别是处理政务时借鉴历史的经验。历史知识这一功能，直到今天，依然存在，但并不是与每一个人都有直接的关系。对于大多数社会普通民众，尤其是对于青少年朋友来说，我想，历史知识虽然既不能当饭吃，也不能当衣服穿，但却是人类精神不可或缺的基本营养要素。读史会使人们的头脑更为健全，智慧更为发达，情操更为高洁，趣味也更为丰富。

2009 年 4 月 4 日

目录

CONTENTS

序

引　言 ……………………………………………………… 1

一、双峰并峙——先秦诗歌 …………………………… 4
  1. 寻根溯源探歌谣 …………………………………… 6
  2. 精工典丽"诗三百" ……………………………… 7
  3. 浪漫楚辞话屈原 …………………………………… 12

二、风华正茂——两汉诗歌 ………………………… 17
  1. 乐府的地位与影响 ……………………………… 18
  2. 绚丽的文人五言诗 ……………………………… 21

三、奇诡绚丽——魏晋南北朝诗歌 ………………… 25
  1. 建安诗派和正史文学 …………………………… 27
  2. 田园诗人陶渊明 ………………………………… 32
  3. 精悍凝练的乐府民歌 …………………………… 35
  4. 新诗风的探索与发现 …………………………… 38

四、火树银花——隋唐五代诗歌 …………………… 42
  1. 隋代及初唐诗歌 ………………………………… 44
  2. 盛唐山水田园诗和边塞诗 ……………………… 47
  3. "诗仙"李白和"诗圣"杜甫 …………………… 51
  4. 白居易与中唐新乐府运动 ……………………… 59

5. 别具韵致的晚唐诗歌 ………………………………………………… 62

五、铿锵悲壮——宋元诗歌 ………………………………………… 64
　　1. 北宋诗文革新运动 …………………………………………… 67
　　2. "三苏" ………………………………………………………… 71
　　3. 保家卫国的南宋诗人 ………………………………………… 75
　　4. 辽、金、元少数民族诗歌 …………………………………… 80

六、江河日下——明清诗歌 ………………………………………… 82
　　1. 前后七子复古运动 …………………………………………… 87
　　2. 诗坛流派缤纷绚烂 …………………………………………… 89
　　3. 后起新秀清代诗派 …………………………………………… 91

结束语 ………………………………………………………………… 100
附录(中国历史年代表) ……………………………………………… 101

引　言

　　在漫长的中国文学发展史中，诗歌作为一种独特的文学体裁，一直以来，以其精致的节奏韵律和高度凝练的语言，形象地表达出了历代文人骚客丰富的思想感情，同时也集中反映出了那些时代独特的社会生活面貌和复杂的社会阶级矛盾。

　　在中国古代，诗与歌是有区别的，即不合乐的为诗，合乐的为歌。正如东汉班固在《汉书·艺文志》中所述："诵其言谓之诗，咏其声谓之歌。"因为早期的诗多是合乐而唱的，所以尽管现在已经没有用于咏唱的诗了，人们还是习惯将其称为诗歌。

　　关于诗歌的定义，不同时代不同诗人自然有着不同的理解。但总结起来，可以发现古人对于诗歌的理解大多是强调其鲜明的抒情性，即诗歌是用来表达人的情志的一种文体，这种理解与我们今天的说法极为相似，如出一辙。现代诗人何其芳曾对诗作过比较全面的概

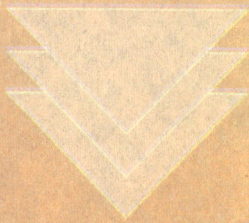

括："诗是一种最集中的反映社会生活的文学样式，它饱含着丰富的想象和感情，常常以直接抒情的方式来表现，而且在凝练和和谐的程度上，特别是在节奏的鲜明上，它的语言则有别于散文的语言。"（《关于写诗和读诗》）由此可见，诗歌首先要源于生活，反映生活；其次要富有情感与想象，切不可枯白乏味，死气沉沉；再次要语言凝练，讲究韵律，富有音乐感。总之，诗歌是一种运用凝练的语言，通过丰富的艺术想象，以鲜明和谐的节奏、韵律，将生活中的事件和场面与诗人的特定感受和情绪融为一体，从而高度集中地反映社会生活和表达作者审美情感的文学体裁。

先秦时期的《诗经》一般被看作是中国诗歌史的起点，并且成为中国古代现实主义的源头，这与后来的浪漫主义源头——《楚辞》的产生共同构成了这一时期的两朵奇葩。至两汉时期，乐府民歌的产生，标志着中国古代叙事诗进入了一个崭新的更趋成熟的发展阶段，其中最具代表性的便是《孔雀东南飞》和《古诗十九首》，这极大地丰富了诗歌的内涵，拓展了诗歌的内容。魏晋南北朝时，"建安风骨"和"竹林七贤"

的出现以及田园诗和山水诗的兴起，极大地促进了诗歌形式的探索，从而实现了诗歌的多元化发展，在艺术表现上取得很大成就，为后代诗人提供了一些借鉴。唐宋时期，诗歌发展达到鼎盛阶段，不论是作品的数量，还是诗人的队伍都是前朝后代所无法比拟的，尤其是多样化的诗风，更是对后世产生了深远的影响。元明清时，虽然仍有许多作家从事诗歌创作，但远不及唐宋。当然，不可否认，这一时期也有一部分杰出的诗人、诗派，其优秀的作品同样蕴涵着深刻的社会意义，成为当时政治、经济、社会生活的"晴雨表"。

几千年来，不断发展的诗歌一直是中国文坛上最活跃的文学体裁之一，并且随着社会生活的发展和人们审美情趣的转变而变化，在不同的历史时期表现出不同的风姿。在诗歌的基础上，还出现了辞、赋、词、曲等多样化的文学形式，极大地丰富了人们的精神世界，拓宽了人们的审美空间，共同构成了中华民族优秀文化的重要组成部分，如同暗夜星辰，熠熠生辉。

双峰并峙

先秦礼赞

先秦时期是中国文学发生和发展的最初阶段，处在文学史长河源头的先秦文学，对后世文学产生了深远的影响。这一时期，由于文学观念尚不清晰，文学还未完全独立出来自成体系，并且未能同其他艺术形态划清界限，使得先秦文学呈现出一种混沌状态，也就是说，这时的文学还称不上是纯文学。表现在诗歌上，就是诗歌与音乐、舞蹈结为一体，这种现象在诗歌产生的初期尤为明显，并且持续了相当长一段时间。尽管如此，《诗经》与楚辞仍可谓双峰并峙，成就格外引人注目。因为《诗经》的质朴自然、宣扬理性和楚辞的空灵惊艳、充满想象分别代表了北方和南方两种不同的文化特征，所以自然成为中国文学两种不同风格流派的代表之作，其形成的"风骚传统"成为后世诗人创作和批评的最高准则，这些了不起的成就也成为后世文学的宝贵财富。

一

先秦诗歌

1. 寻根溯源探歌谣

　　原始社会，人类的精神活动单纯而富有诗性，整个时代的气息中充满着浓郁的童真与诗意的歌唱，为诗歌的出现营造出了一个良好的氛围。

　　这一时期，因为文字还没有出现，人们交流的语言还仅仅是由简单的声音变化来实现。人们在劳动的过程中，工具的配合和筋力的张弛自然发出呼声。这种呼声往往富有节奏的变化，高低起伏，一唱一和，起到协调动作和缓解劳动疲劳的作用。这就是最早的诗歌形式。随着人类认识能力、思维能力、语言能力的发展，人们开始尝试借助这些呼声来反映生产劳动和生存活动的内容，于是在这些呼声的间歇中开始有了富有特定意义的词语。这些有意义的实词将原本无意义的劳动呼声逐渐引入现实生活，更加富有原始生活的气息，并且融入了原始人们的一些主观思想情感。上古歌谣便是其中最具代表性的诗歌原始形态。因为原始社会人类的劳动相当简单，往往由一来一往、一反一复两个动作构成，因此那时的歌谣大多是二节拍的，歌词也不多，一般只有几个字，节奏简劲，一韵到底。这些上古歌谣在流传的过程中，经过不断的加工完善，逐渐将人们内在的情感和外在的行为节奏和谐地统一了起来，成为具有鲜明特色的诗乐舞的统一体，表现出更加丰富实用的功能，不仅可以缓解劳动疲劳、提高生产效率，还可以培养人们的审美意识、增进人们的审美情感。

　　总之，中国早期的诗歌因为特殊的地理环境、风俗习惯、思维意识、语言表达等方面的差异，不像西方史诗那样雄伟壮阔，鸿篇巨制，多由短小精悍、极富韵味的简单韵语组成，并且借助诗的节奏和韵律强化记忆，流传历史，与历史发展保持着高度的一致性。

2. 精工典丽"诗三百"

《诗经》是中国历史上第一部诗歌总集，也是中国第一部民间文学作品。它收集了公元前11世纪（西周初年）至公元前6世纪（春秋中叶）约500年间的305篇诗歌，故又称"诗三百"，后经儒家推崇，才有了"诗经"这一称呼。汉朝的毛亨、毛苌曾注释《诗经》，故而《诗经》又称呼《毛诗》。

● 阜阳双古堆出土的《诗经》竹简(部分)

一

先秦诗歌

●《毛诗图》（明代周臣作）

《诗经》的分类与音乐有关,按照乐曲的不同,《诗经》的内容可以分为"风"、"雅"、"颂"三部分。从音乐的角度来看,"风"有音乐曲调之意,属地方曲调。《诗经》共包括十五国风,即周南、召南、邶、鄘、卫、王、郑、齐、魏、唐、秦、陈、桧、曹、豳15个地区的歌谣,共计160篇。这些歌谣是《诗经》最有价值的作品,多数产生于东周时期,其中的爱情诗可谓精彩绝妙,是中国古代文艺宝库中的瑰宝。与"风"相对,"雅"为朝廷正乐,分为大雅与小雅,共计105篇,其中大雅31篇均为西周作品,小雅74篇主要出现在西周晚期。"颂"多为祭祀之乐,即贵族统治者祭祀时的乐舞歌曲,乐调典重舒缓,风格独特,自成一类。分周、鲁、商三颂,共40篇。据考证,周颂31篇为西周早期作品,鲁颂4篇均是歌颂春秋时期鲁僖公的作品,至于商颂5篇,尚存争议,未有定论。

　　《诗经》内容丰富,涉及政治、社会、生活的多个方面。根据内容的不同,书中作品的主题大致可以分为以下几类:

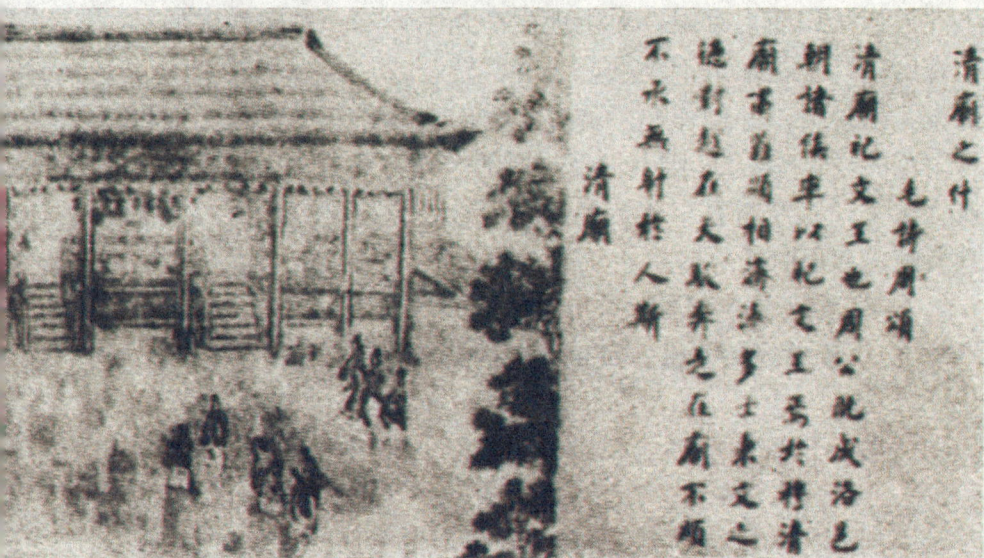

● 周颂清庙之什图卷(局部)

(1) 讴歌先祖丰功伟绩的诗篇

西周初年，社会相对稳定安宁，人们非常注重祭祀祖先。他们认为，通过祭祖缅怀祖先德业，能够增强族人的自豪感和认同感，同时增强民族自信心和凝聚力，起到民族团结的作用。故歌颂先祖丰功伟绩的诗篇由此产生。这类诗多集在颂诗和大雅之中。颂诗中除了祭神诗外，均为此类诗，而大雅中此类诗共有 5 首，即《生民》、《公刘》、《绵》、《皇矣》和《大明》，因其所反映的史实正是一部周族发祥、发展、建立周朝的历史，因此也被认为是周族史诗。

(2) 描写农事活动的诗篇

中国是一个很早进入农业文明的国家。由于生产力水平低下，人们认识能力有限，对土地生产几乎怀着一种宗教式的神圣态度。为了祈求风调雨顺、五谷丰登，或是庆祝丰收，人们经常礼赞神灵，并创作出了许多优秀的诗篇，其中，最全面也最出色的当数《七月》，因其涉及当时的劳作方式、生产规模、生产力水平，以及与农事相关的思想观念、仪式制度，比较全面地反映出西周时的农业生产状况，因此具有较高的历史价值。

(3) 反映战争徭役、民生疾苦的诗篇

西周春秋时，战乱频仍，徭役繁多，人们深受战争之害、徭役之苦，所以战争诗与徭役诗也层出不穷。如大雅中的《常武》、小雅中的《六月》以及秦风中的《无衣》，均情调昂扬、词气慷慨，或者歌颂统治者的文治武功，或者表达团结御敌的意志。尽管

如此，更多的诗篇还是表达了对战争的厌倦和对和平生活的向往。同样，《诗经》中的徭役诗也占有相当大的比重，不论是《小雅·何草不黄》，还是《唐风·鸨羽》，抑或是《齐风·东方未明》，均表达了服役者的痛苦悲惋及作者内心疾苦而又无奈的情绪。

（4）咏唱爱情婚姻、悲喜离合的诗篇

《诗经》中的爱情诗多集中于《国风》，所表现的内容丰富多彩，几乎包括了婚姻生活中的所有悲喜离合——既有恋人间的调侃嬉戏、美妙幽会，家庭生活的和睦；也有婚变的痛苦，婚后女子的悲惨命运。其风格或热情奔放、爽快率直，或缠绵悱恻、含蓄委婉，或诙谐幽默、情趣十足，或哀怨重重、无限低落。其中，《关雎》便是一首著名的情诗，讲述了一位男子对一位淑女无尽思念、爱慕追求的故事。当然，也有痛诉丈夫薄情寡义的诗作，语言多呼天抢地，撼动人心，显示出了十分熟练高超的艺术技巧。

（5）表达悲恨愤懑、嘲讽怨刺的诗篇

西周末期，社会动荡，民心不稳，怨刺诗开始大量出现，其内容，既有对时局的担忧诘问，也有抒发自身对丑恶现象的不满。尽管这些诗的作者也属于统治阶级，但他们能够从维护王朝稳定和本阶级的利益出发，冷静而敏锐地观察社会现状，提出一些独到的见解，故此类作品多有比较深刻的内容。

《诗经》中的绝大多数作品因为扎根现实，所以往往富有生气，韵味十足，具有很强的艺术魅力。首先，在表现手法上，分赋、比、兴三种，三种表现手法在运用中灵活多变，巧妙自如，往往能够达到情景交融的艺术境界。其次，在章法韵

律上，节奏明快简洁，结构工整匀称，对深化意境、渲染气氛、强化感情、突出主题，增强音乐感和节奏感都起到重要作用。最后在词汇修辞上，大量词汇的出现，不仅表现作者对主客观事物有广泛的认识，也显示出作者敏锐的观察力和驾驭语言的能力。因为语言形式的多姿多彩，所以作品中往往极富表现力与生命力。

总的来说，《诗经》是中国古代诗歌的辉煌开端。作为一部反映下层人民生活的优秀诗章，《诗经》开创了一条现实主义创作道路，奠定了诗歌兴、怨、讽、谏的优良传统，确定了民间文学在文学史上的地位，证明了劳动人民不仅是社会物质文明的创造者，也是精神文明的创造者。同时，在艺术风格和语言技巧上为后世文学积累了宝贵的经验，是中国古代文学早期发达的标志。

3. 浪漫楚辞话屈原

楚辞产生于楚国，是公元前4世纪在中国南方普遍流行的一种新的抒情诗体。

《诗经》产生后的200多年来，中国散文进入了一个前所未有的黄金时代，不论是历史散文，还是诸子散文，均大放异彩，取得了丰硕成果。相反，由于四言诗的地位日趋衰微，诗坛长期以来一直呈现出荒凉萧条的景象，直到楚辞出现，这种局面才终于被打破，中国的诗歌创作迎来了又一个春天。

楚辞的出现，得益于楚国秀美的山川风景和杂糅的民风民俗，以及悠久的历史文化和独特的楚地方言。特别是春秋战国时期南北文化的交流融合，极大地促进了楚辞的形成和发展。

在此基础上，屈原以其深刻的思想、独特的见解、丰富的政治学识和卓越的艺术造诣将零散的楚地诗歌和乐曲加以整合，从而创造出一种崭新的文体——楚辞，为古典诗歌的发展开创了一个新的时代。与《诗经》四言诗不同，楚辞具有浓厚的地方特色和神话色彩。从地域上看，楚辞产生于江汉流域，是扎根于南国沃土的一朵奇葩，以一种更适合表现复杂思想感情，更为灵活，在节奏和韵律上独具特色的句式

● 屈原

出现，促进了诗歌的进步。其想象丰富、神奇怪异的浪漫主义诗风与《诗经》的现实主义诗风一同成为诗歌历史上的两大重要文学现象，并对后世浪漫主义诗风的发展创新产生了深远的影响。

楚辞的主要作者是屈原，他创作出了《离骚》、《九歌》、《九章》、《天问》等不朽作品。屈原（约前 339~ 约前 278），原名平，字原，在《离骚》中自称名正则，字灵均。原是楚王室的远房宗亲，年少时曾受过系统的文化教育，有着过人的才能，在政治历史、天文地理、文学艺术等方面均有很深的造诣。但是因为其变法图强、富国强兵、统一祖国大业的政治主张极大地威胁到旧贵族保守势力的利益，所以受到诬陷诽谤，两次被放逐，政治抱负不得施展，最终，在深感国家前途黑暗和自己政治理想破灭的情况下，抱石投汨罗江而死。

先秦诗歌

● 屈原像

屈原一生为了祖国，为了实现政治理想，奋不顾身地与旧贵族抗争，九死而不悔。应该说，他一生都在与腐朽势力作斗争。他把自己的一腔热血化作点滴文字，谱写出了千古传诵的佳作。可以说，屈原的出现填补了长江流域文学发展的空白。他是第一位走上独立创作道路的文人，也是中国诗歌史上第一位署名诗人。他打破了《诗经》四言为主的传统诗歌形式，运用五言、六言、七言进行诗歌创作，使诗歌语言形式从此走向多元化，为汉末文人创作五言诗、七言诗做好了准备；他继承了《诗经》比、兴的艺术手法，运用奇特的想象、华丽的夸张、众多的比喻、深重的环境烘托，使作品具有高度的浪漫主义精神。他是中国古代浪漫主义诗歌的开创者。

在屈原现存的作品中，《离骚》是最具代表性的作品，是中国古典文学中最长的抒情诗。全诗内容丰富，波澜壮阔，既抒发了诗人献身君国的赤诚愿望，也表达了其对黑暗现实的愤慨与报国无门的悲痛，可谓是一首光耀千古的浪漫主义杰作，同时也是世界文化艺术宝库中的珍品。整首诗多方面多层次地揭示了楚国社会的重重矛盾，集中反映了楚国进步与保守、革新与反对势力之间的尖锐矛盾和激烈斗争，是诗人忧国忧民、政治抱负不得实现的血泪之作，表现了诗人"存君兴国"的"美政"思想，也表达了诗人忠贞不渝的爱国之情。在艺术手法和创作

●《屈子行吟图》中的屈原形象(明代陈洪绶作)

方法上，强调精妙丰富的环境描写，注重气氛的营造与烘托，并高度发展了赋、比、兴的艺术手法，将抒情、叙事、议论、描写融为一体。《离骚》堪称中国文学史上不朽的旷世之作，在语言风格上，在句式结构上，在艺术手法上，都对后世产生了极为深远的影响。

《天问》是一首古今罕见的奇诗，其篇幅仅次于《离骚》。诗中用问语的形式提出了 172 个问题，内容涉及天文万物、阴阳四时、历史地理、人物道德、神话传说等。整首诗不仅写出了诗

人对自然和社会现象的思考，还表现出他对人生的关怀和积极探求真理的精神，反映出他广泛的兴趣和渊博的知识。诗中所保存的有关历史和神话传说的材料，对于中国的文学史、历史、哲学史的研究有着重要的价值。

《九歌》是一组风格迥异于《离骚》的诗篇，诗中依旧保留着歌、乐、舞结合的特点，并融入了浓重的人情味和普通人的人生感喟，具有强烈的抒情色彩。在语言风格上，它与《离骚》有相通之处，有些地方写得率真本色，单纯自然，有些地方又写得绘声绘色，绚烂多姿，并且情味悠长，意蕴深厚，令人有读之不尽、味之无穷之感。

● 《九歌图》(局部，宋代李公麟作)

值得一提的是，继屈原之后，楚国诗坛一时云蒸霞蔚，人才迭起，宋玉、唐勒、景差均是其中的代表人物，但时至今日，只有宋玉的作品流传下来。古人常以"屈宋"并称，可见宋玉在文学史上的地位，他是屈原诗歌艺术的直接继承者。

二

风华正茂

秦代是中华民族大一统的重要时期，政治上颇多建树，影响深远，但在文学上却显得苍白贫乏。两汉时期，大一统的封建统治逐渐得到巩固和稳定，政治开明，物阜民丰，特别是在思想文化上采取的一系列宽松政策，极大地促进了文学的复兴和诗歌的发展。其中，汉乐府诗的兴起，尤其是其中的民歌，以极富表现力的崭新的文学形式生动地展现了两汉广阔的社会生活画卷，取得了卓越的思想成就和艺术成就，标志着叙事诗进入了一个新的更趋成熟的发展阶段，使其成为继《诗经》和楚辞之后中国诗歌发展史上的又一个高潮。

1. 乐府的地位与影响

乐府，原指汉武帝时设立的音乐机关，负责掌管音乐，并兼管各地民歌，为民歌配上音乐，以便于朝廷宴饮和祭祀时演唱。故这些配乐的诗歌也称为乐府诗，成为汉代文学中最具特色的风景。汉武帝时，为了适应统治者的需要，乐府规模空前庞大，人员众多，乐府职能也得到拓展，发挥出越来越重要的作用。

在乐府的各项职能中，最有意义的便是对民歌俗曲的采集。当时的乐府民歌多为劳动人民口头创作，风格朴实，形式活泼，真实地反映出了当时劳动人民的生活遭遇和思想愿望，是汉代文学中的精华。其中，以《陌上桑》和《孔雀东南飞》成就最高。此外，其继承了《诗经》的现实主义传统，对后世产生了巨大而深远的影响。

汉乐府具有高度的思想性，其内容上有反映阶级剥削和压迫的，有反映征战者哀歌和苦难者悲吟的，也有反映封建礼教和封建婚姻的，还有反映思乡人愁叹和妇女命运的，题材广泛，内容丰富，广泛而真实地反映了两汉时期的社会生活面貌，描绘出了丰富多彩的社会画卷和生活场景，同时，也表达了社会各阶层的愿望与呼声。

在所有的汉代乐府诗中，叙事诗占有相当大的比重，并且与抒情诗相比，叙事诗的成就更大且更能代表乐府诗的艺术特色。这一时期，叙事诗的作者已经具有了自觉的叙事意识，多注意以讲故事的人的身份出现，留给故事本身更多的发展与表现空间，让故事本身来说话，更具客观性、真实性和表现性。其中，以长篇叙事诗《孔雀东南飞》最具代表性。

《孔雀东南飞》是乐府叙事诗发展的最高峰，也是中国古代诗歌史上最长的一首叙事诗。王世贞在《艺苑卮言》中称它为"长诗之圣"，沈德潜也在《古诗源》中称其为"古今第一首长诗"。全诗讲述了一个凄婉的婚姻悲剧：主人公刘兰芝与焦仲卿本是一对恩爱夫妻，但却被公婆生生拆散，刘兰芝回到娘家，又被兄长逼迫嫁与太守之子。最后，无奈之下，刘兰芝与焦仲卿为捍卫爱情，双双自尽。全诗通过焦刘的婚姻悲剧有力地揭露了封建礼教和封建家长制的罪恶，表达了对封建社会包办婚姻的抗议，

二 两汉诗歌

同时，热情地歌颂了焦刘二人的斗争精神，以及追求婚姻自由和宁死不屈的反抗意识。这首诗之所以成为千古名篇，其伟大而感人的爱情故事能够千古流传，关键是因为其具有丰富的思想内容和突出的艺术特色，并且二者高度结合，融为一体。就全诗的具体创作而言，结构完整，层次清晰，情节曲折，戏剧性强，人物形象栩栩如生，环境衬托恰当适宜。诗中塑造的个性鲜明、勤劳能干、聪明美丽、坚强不屈的女主人公刘兰芝成为光耀千古的妇女形象之一。应当承认，这样一首具有深刻社会意义和思想意义的长篇爱情诗在中国古代诗歌中极为罕见，整首诗不论是人物对话的描写，还是人物行动的描述，抑或是环境的渲染与烘托，均是成功的。尤其是人物间对话的描写惟妙惟肖，深刻感人，配上特定的环境烘托，更加凸显了故事的思想性、艺术性、悲剧性和感染性。

汉乐府民歌的艺术特点，可以概括为以下几点：叙事性、对话性、夸张性、人物的形象性、环境的衬托性。乐府民歌很注意通过人物语言和行动的描写来表现人物的形象性格，描写也颇具夸张性。如《陌上桑》讲述了美丽的采桑女子罗敷反抗荒淫无耻的五马太守的故事，歌颂了罗敷的勤劳、机智、勇敢、坚贞，是历代公认的千古名篇。另外，乐府民歌采用口语化的语言，朴素自然，感情真挚，更加贴近生活，表现力强，并且，偶句大多有韵，故读起来铿锵有力，喜怒哀乐表现自然，有很强的感染力。此外，乐府诗来自民间，创作时并未遵循一定章法，所以采集过来的诗歌句法不一，长短不拘，形式多样，丰富多彩，使得诗歌的创作方法更加灵活，推动了诗歌的普及与兴盛。

概括而言，汉乐府诗在中国古代诗歌诗体的发展史上有着特殊重要的意义。可以说，汉乐府诗是中国古代诗体发展史上一个承上启下的阶段，它跳出了四言诗和楚辞体的藩篱，节奏与韵律更加贴近语言的表述，注重表现新的社会生活，呈现出诗歌在打破先秦古老诗体之后新型诗体定型之前的不稳定状态。在句式上从二言到十言，种类繁多，形式不一；在体式上既有齐言诗，又有杂言诗；在篇幅上，短的仅有四句，长的多达数百句；在韵式上，有的句句押韵，有的隔句押韵，也有的是隔两三句才押韵。由此可见，汉乐府诗真可谓是古典诗歌中的自由体，并且其自由的形式给后世的诗歌创作带来了深远的影响。特别是其五言体的格式越来越受到后世文人的青睐，这就使得五言体诗歌最终取代四言体和楚辞体，一跃成为在后世长期占正统地位的重要诗歌样式，成为巨大的中国古代诗歌艺术宝库中的华丽瑰宝。

2. 绚丽的文人五言诗

五言诗是中国古典诗歌的主要形式，因其上继四言诗，下开七言诗，所以在中国古代诗歌发展史中具有承上启下的重要意义。远在四言诗盛行时，五言诗便已萌芽，在《诗经》中已有很多这种形式的诗作，但是这还不是真正意义上的五言诗，只是具有明显的五言诗创作特点。春秋末年的《沧浪歌》便是五言诗成长过程中的一个重要标记，其韵律的使用、创作的形式、句式的设计都与真正的五言诗极为接近。及至西汉初年，以五言诗为主要形式的民歌民谣开始普及起来，影响广泛，用韵上出现了五言诗的标准韵式——隔句用韵。尽管在艺术上还显得稚拙粗陋，但在体制上已基本定型。这种旺盛的发展趋势在东汉时尤为明显。这一时期，五言民歌大量出现，此起彼伏，并且在某些方面有了长足的进步，篇幅加长，内容丰富，思想性和艺

术性增强，其中有些民歌还被收入乐府，成为乐府歌辞，比如《陌上桑》、《孔雀东南飞》等一批千古不朽的杰作都代表了当时五言民歌发展的最高水平，其思想性和艺术性深刻隽永，影响深远。这些歌辞故事新颖、语言丰富、技巧娴熟，极大地激发了文人创作的兴趣，广大文人相互模仿创作，带动了五言诗的兴盛，促进了五言诗的繁荣。东汉末年是五言诗盛行的时期，表现技巧也已炉火纯青，逐渐走出"质木无文"的初始阶段，向成熟的境地迈进。其中，代表性的作家有秦嘉、蔡邕、郦炎、辛延年等，而最具代表性、成熟标志最明显的当数《古诗十九首》。

　　《古诗十九首》最早载于萧统的《文选》，因共计 19 首古诗而得名。作者姓名已无法考证，但可以肯定的是，其作者并非一人，而是多人，并且均为社会中下层文人，文化素质较高，又继承了《诗经》、《楚辞》的创作传统，吸收了汉乐府民歌的精华，所以不但善于运用比兴手法，使诗的形象生动，语短情长，而且创造出了一种独特的艺术风格，具有较高的艺术成就。

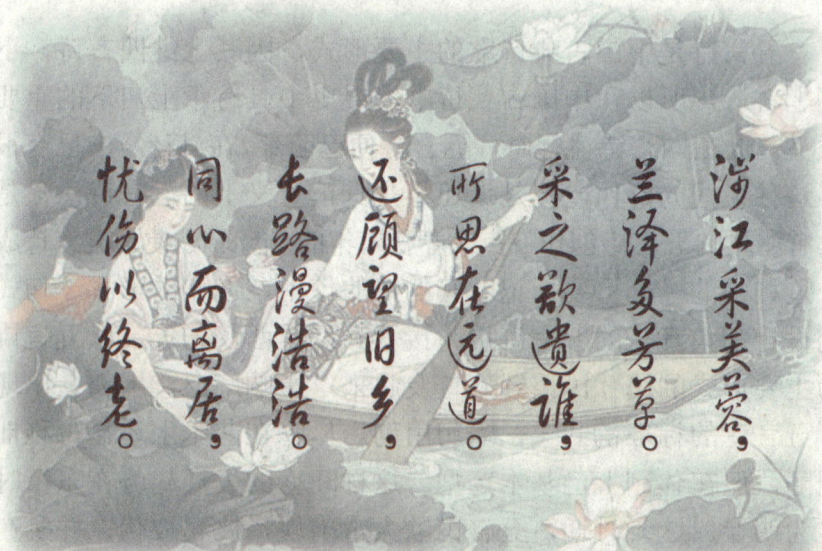

涉江采芙蓉，
兰泽多芳草。
采之欲遗谁，
所思在远道。
还顾望旧乡，
长路漫浩浩。
同心而离居，
忧伤以终老。

● 《古诗十九首·涉江采芙蓉》

但《古诗十九首》的题材不够宽广，多为游子怀乡和思妇闺怨之作，表现了游子、思妇的离愁和相思，也有少部分是描写失意者的哀伤和苦闷。

19 首古诗从思想内容上可分为 5 类：写热衷仕宦的共 3 首；写游子思妇的共 8 首；写人生无常、及时行乐的共 4 首；写朋友交情冷暖的 1 首；主题不甚明确的共 3 首。关于其艺术特色，可以概括为如下 4 个方面：①长于抒情。作者极注重意与境的统一，即将诗人的主观情志与特定的时空境界结合起来，寓情于景，融情入景，二者水乳交融，天衣无缝。这也是《古诗十九首》之所以感人至深的一个极为重要的原因。如《凛凛岁云暮》，全诗一开始便着重渲染了一个蟋蟀悲鸣、凉风惨厉的冬夜环境，然后正式入题，写思妇想到远方的丈夫尚缺寒衣，心存挂念，并因思生梦，梦见丈夫千里迢迢驾车而来，与自己携手同归。然而，未及同床共衾，丈夫便匆匆告辞，倏忽而去。妇人梦醒，方觉是梦，虚空一场，于是引领遥望，无限感伤。诗中的物境、事境无不与妇人的心境和谐相融，深刻感人。②语言简洁精练，善用叠字，工于音律。《古诗十九首》中的诗作语言不求深邃艰涩，一切平平道来，加上语言精练，故意思表达准确而形象。另外，诗人的感情浓烈醇厚，诗作中不乏思辨色彩，有许多名言警句流传至今，因此，诗作很好地实现了明白晓畅和含蓄蕴藉的统一，给人以诗意饱满、意味深长的感觉。此外，在格律音节上，《古诗十九首》同样取得进步，表现出丰富的节奏美和声调美。其中绝大部分诗句在用字上做到平仄相间，起伏穿插，读起来朗朗上口，具有明显的韵律之美，如清风般婉约流畅。当然，这些还只是作者的初步探索，并没有形成完整、严格、具体的诗歌创作定律，但是这种开创之功，同样值得后人认可与称道。③广用比兴，衬映烘托，含蓄蕴藉，余味无穷。在《古诗十九首》的所有诗作中，我们可以

二

两汉诗歌

明显看出民歌的风韵，不论是语言的自然单纯，还是咏唱的反复回旋，抑或是比喻双关的引入，都带有浓重的民歌色彩。另外，在典故的运用、意境的设置、对仗的锤炼、叠词的连用上也显示出相当高超的技巧，增强了全诗的生动性和感染力。④抒情与叙事并重，增强作品的情节性与可读性。这类诗作往往能够更加真实地反映生活，传达情感，人物形象饱满生动，情节设置丰富多彩。

在经学所阐发的关于道德节操和人生意义的价值标准统治下，《古诗十九首》的出现，如同一泓清泉，给人们带来了一种全新的感受，诗中完全寻不到一丝经学的味道，不论是获取功名富贵，还是夫妻相守相伴，抑或是两情相知相悦、及时行乐，都和传统的经学理念相悖。这既是在打破经学思想禁锢后对人生欲望的坦率直言，也是对生命意义的深层次探索，实质上标志着生命意识的自觉和人的觉醒，标志着新的世界观、人生观、价值观的萌发，这正是《古诗十九首》在这个时代所产生的重要意义所在，也正是它不同于后世公开宣扬享乐至上的文学作品的重要原因。

三

奇诡绚丽
——魏晋南北朝诗歌

汉末，尤其是献帝时，在镇压黄巾起义的过程中，各路军阀为了极大地扩张自身的军事力量，纷纷拥兵自重，割据分立。这种长期的战乱严重地破坏了原本正常的社会经济生活，给人民带来了深重的灾难。后来曹操挟天子以令诸侯，实行了一系列行之有效的改革措施，经济得以恢复发展，并且也壮大了自身的力量，统一了中国北方。至建安二十五年（220），曹丕继位，建立魏国，并且与后来分别占据东南、西南地区的孙权、刘备所建立的吴、蜀两国共同形成三足鼎立的局面。此时，众多学派的思想学说已经有了不同程度的发展，思想界呈现出一派自由宽松的氛围。在这一时期，出现了以曹操父子和"建安七子"为代表的建安诗人们。他们的诗多悲凉慷慨，清新刚健，在继承并发扬汉乐府民歌现实主义精神的同时，真实地反映了当时动荡不安的社会面貌，表现了诗人积极奋进的进取精神，故被后世称为"建安风骨"。建安诗歌突破了乐府叙事的四言诗格式，改为抒情性的五言诗，把五言诗推入了一个新的发展时期，同时也为传统五言诗的发展奠定了坚实的基础。

正始时期，由于政治腐败，社会黑暗，文人不敢正面与统治阶级作对，于是只能借诗篇来释怀，以比较曲折的方式来表达对现实的不满与反抗，代表作家有"竹林七贤"。后来出现的太康文学更是脱离生活，重技巧，轻内容，追求辞藻的华丽和对仗工整，走向形式主义。

两晋时期，清谈玄理的风气兴盛，出现了空虚消极的玄言诗，并且一直统治诗坛百年之久，直到东晋陶渊明出现，才打破了这种局面。其开创的田园诗成为文人诗歌创作的新领域，田园诗以描写田园风光为主，语言平淡质朴，自然清新，富有韵味，并且创造出了很高的艺术境界。其宣扬的淡泊平和、与世无争、天人合一的人生境界更是为后世许多怀才不遇、悲观厌世的人所推崇，影响深远。

南北朝时期，诗歌由玄言诗转向山水诗，成为士族阶级享乐生活的一部分，尤其是谢灵运创作的一大批以山水为审美对象的诗歌，奠定了中国山水诗写实的雏形。另外，鲍照发扬汉乐府的传统精神，同样对七言诗的发展作出了重要贡献。齐永明年间，诗歌在形式上有了新探索，出现了"永明体"。诗文声律、音韵、形式均有了较大改进，其代表作家谢朓与谢灵运并称为"大小谢"。北朝的文学重实用，尚真实，求朴野。诗歌方面以民歌成就最大，内容广泛，有反映北国风光的，有反映北方民族游牧生活和尚武精神的，有反映战争及其带来的苦难的，语言质朴刚劲，豪放爽直，苍劲有力，对后世的诗歌创作产生了深远的影响。

1. 建安诗派和正史文学

建安时期是中国诗歌史上五言古诗极为繁盛的时期，建安诗歌指以这一时期为中心的汉末魏初的诗歌。当时，在曹氏父子的招聚和感召下，四面八方的文人学士云集魏都，相互切磋、学习，极大地促进了文学创作的发展，并且形成了规模不小的文坛。由于他们都亲历了汉末动乱，看到了社会的深重苦难，又都有重整乾坤的志怀，所以，在继承汉乐府的现实主义精神和较为开放的社会思想风气下，作品多直面现实，表达理想，各逞才藻，既呈现出一种慷慨悲凉的时代风格，又具有鲜明的文学个性，在汉乐府诗的基础上都有所开拓和创新，表现出独特的风格，被后人称为"建安风骨"。其中，最具代表性的作家当数"三曹"、"七子"和蔡琰。

曹操（155～220），字孟德，小字阿瞒，沛国谯县（今安徽亳州）人。出身卑微，年少时豪放不羁，有大志，好权术，在政治上颇有开创性。曾大兴屯田以解决兵食之扰，抑制兼并以缓和阶级矛盾，唯才是举聚集天下英才。196年亲迎汉献帝至许昌，并自任大将军和丞相，"挟天子以令诸侯"，拥有了政治上的主动权，待他最终击败了自己在北方最大的竞争对手袁绍后，便成为中国北方实际的统治者。

曹操是一位杰出的军事家和政治家，也是一位杰出的诗人，是建安文学的组织者和开创者。作为建安文学的杰出代表，其诗歌和散文均堪称开一代风气之先河，其积极创作的精神和态度更是对当时以及后世的作家起到垂范、倡导的作用，推动了乐府民歌向文人诗的转变。

曹操的诗全是乐府歌辞，其中以四言最为出色，闻名

● 曹操

于世。因为四言诗是《诗经》中的主要句式，后经汉乐府、古诗十九首的熔冶，已变为五言诗，后人极少有人再用，故曹操也被视为四言诗的结束者。其诗诗风质朴，跌宕悲凉。根据题材的不同，大致可以分为三类：反映汉末社会动荡现实的作品，反映作者政治理想的作品，抒写生命悲苦、幻想长寿的作品。这种诗风与当时极为盛行的绮丽华美的文风格格不入，所以时人评价不高，钟嵘更将其列为下品。后来，随着社会风气的变化，人们更加关注现实，其诗也逐渐得到重视。著名诗评家敖陶孙曾称赞曹操的诗"气韵沉雄"。他的代表作有《蒿里行》、《龟虽寿》、《短歌行》、《观沧海》等。

曹操的《观沧海》一诗，是中国诗歌史上第一首完整的山水诗，写于曹操征战乌桓凯旋而归的路上。全诗以雄浑浩瀚的大海形象为中心，景中有诗，融情入景，气势恢弘，表达了作者囊括四海、并吞八荒的澎湃激情和博大胸襟，对南朝山

东临碣石，以观沧海。
水何澹澹，山岛竦峙。
树木丛生，百草丰茂。
秋风萧瑟，洪波涌起。
日月之行，若出其中。
星汉灿烂，若出其里。
幸甚至哉，歌以咏志。

《观沧海》

三 魏晋南北朝诗歌

水诗的大量产生和唐宋以来山水诗的大量出现产生了积极深远的影响。

曹操在诗歌史上作出了不可磨灭的伟大贡献。他的诗与社会政治的重大题材联系紧密，是对《诗经》现实主义诗风的继承。同时，他还开创了借乐府旧题写时事的先例，这种创新的形式对于后来的杜甫、白居易创作乐府诗都是很好的启迪。此外，他的诗对于后来山水诗的兴起，增强诗歌的理趣，以及丰富诗歌的内容均产生了一定的影响。

曹丕（187～226），字子桓，是曹操次子，在与曹植争宠中胜出，后被封为太子。曹操死后继位为丞相、魏王，并废汉建魏，自立为帝。

曹丕在政治上无大作为，效法汉文帝，主张清静无为，并且推行九品正中制，加强士族制度，落后保守的士族门阀势力

● 魏文帝曹丕

开始抬头，但他在文学上却是颇有成绩。据史书记载，他有 100 多首诗，然现存仅 40 首左右，另有赋和散文若干篇。其现存诗作中有一半为乐府诗，内容狭窄，但形式多样。他的诗作中成就最高的要数五言诗和七言诗，其中，七言诗《燕歌行》二首，句句押韵，结构工整，是中国现存最早的完整成熟的七言诗，对后世七言诗的形成具有一定的贡献。此外，曹丕还是一位文学批评家，他的《典论·论文》在文学史上具有划时代的意义，充分肯定了文学的社会作用。

曹植（192～232），字子建，为曹丕弟。曹植一生以曹操之死为界截然分为两个时期：前期像曹丕一样过着安富尊荣的贵公子生活，在性格上和精神上深受曹操影响，常随曹操转战各地，立志成就一番大事业，久而久之养成了恃才傲物、放纵不羁、乐观自信的个性。后期因与曹丕争夺皇位，造成兄弟恩怨；曹丕即位后，备受压抑与打击，忧惧不安，整日苦闷，最终忧郁而死。

曹植是个有多方面才能的作家。其诗、赋、散文都是建安文学的翘楚。钟嵘曾在《诗品》中将其诗列为上品，评价之高，无以复加。他的诗作前期乐观舒展、激昂奋发，充分表现出作者英勇拼搏的豪情壮志；后期则变得压抑、苦闷，不再有早期的明朗色彩，字里行间多流露出有所为而不得以及壮志难酬的悲哀。

曹植的诗对后世影响甚大。其诗善用比喻，辞藻华茂，注意对偶、炼字和声色，有些诗已暗合律诗平仄，工于起调，善为警句，具有鲜明的个性化特征，可谓是风骨与文采的完美结合。

建安文学的代表作家还有"七子"和蔡琰。"七子"指孔融、陈琳、王粲、徐幹、阮瑀、应玚、刘桢。"七子"中以王粲的成就最为突出，其诗以《七哀诗》最为有名。诗中描写了一个因为饥饿所迫而忍痛抛弃亲生幼子的妇人，深刻地揭露了军阀混战所带来的灾难，表达了作者的同情。刘勰曾给予王粲的诗赋很高的评价，称其为"七子之冠冕"。

蔡琰（生卒年不详），字文姬，又作昭姬，陈留圉（今河南杞县）人。汉末著名学者蔡邕之女。她博学多才，精通音律，仅以一首叙事与抒情紧相融合，全篇流贯着深沉强烈的悲愤情绪的五言《悲愤诗》便奠定了在文坛上的地位。骚体《悲愤诗》全诗悲怆感人，酣畅淋漓，切切真情，直达心底，不论是通过个人遭遇来折射现实的写法，还是运用细节生动地再现各种场景和表现人物内心的手段都给后人带来较大影响。

建安文学是三国前期的文学，经过文帝、明帝两朝，发展为后期文学，即"正始文学"。由于政治的原因，文学家开始逃避现实，作品中的现实内容逐渐淡薄，建安时期作品中深刻的现实内容在此时期的作品中消失殆尽。就艺术形式而言，建安时刚劲质朴的诗风转变为艰涩难懂、隐晦曲折的诗风，纯粹的抒情方式也被意象描写所取代。这一时期被后人称为正始时期。其中，成就最为突出的是阮籍和嵇康二人。阮籍的五言诗细腻准确，形象生动，含而不露，委婉多讽，对后世五言诗的创作发展提供了新的方法和新的艺术经验。而嵇康则文风激烈峻切，语言尖刻辛辣，行文无拘无束，具有很高的艺术价值。

2. 田园诗人陶渊明

东晋时，具有浓厚思辨色彩的哲学十分兴盛，连诗坛也为玄学所笼罩。直到晋末陶渊明出现，才用自己不谐流俗、风格独特的诗风照亮了诗坛。

陶渊明（365～427），一名潜，字元亮，东晋诗人，出身于仕宦家庭，处于晋宋易代之际。
他的一生可分为三个阶段：

　　早年居家读书时期。这段
读书生活和家乡的美丽山水对
他的性格是一种陶冶，这种陶
冶很大程度上帮助其培养形成
了高雅闲适的情趣，激发起建
功立业的热情。

　　中年半仕半隐时期。这段
时期，陶渊明断断续续做过一
些低微的官职，但终因看不惯
官场污浊，辞官隐退。应该说

● 陶渊明

陶渊明的时出时隐是两种力量作用的结果。首先是儒家用世精
神、建功立业的愿望和解决家庭经济的需要共同形成合力将他
往仕途上推；其次是他自身散淡的性情以及对官场丑恶现象的
失望组成了另一股合力将他拉向隐居的道路。最终，后一种合
力取得胜利。

　　晚年隐居田园时期。这时期，时局发生剧变，东晋灭亡，
宋朝建立，陶渊明归隐田园，一方面时时关注现实，对于朝代
更迭和时局混乱感到非常痛苦；另一方面不废耕种，维持生计。
其间，再未做官，直至因贫病交加而逝。

　　陶渊明的文学创作以诗歌成就最为突出。其中，作为主要
内容的田园诗最具开创性，成为后世田园诗的开端。

　　陶渊明的作品按照内容的不同，可以划分为 4 类：①歌颂
自然生活、描写田园风光的诗作。如《归园田居》，描写了幽美、
宁静、闲适的自然风光与田园生活，表达了诗人的无限乐趣，
同时因为与劳动联系紧密，所以在反映劳动生活方面更加真实、
具体、动人。②表现诗人社会理想和反对战争的诗作。如《桃花

三　魏晋南北朝诗歌

源诗》，通过虚拟建造的世外桃源，表达了诗人迫切要求远离战乱的心愿以及对美好生活的追求和向往，同时，也是对黑暗现实的揭露。③批判黑暗现实，曲折表达对现实厌恶的诗作。如《杂诗》，借现实生活与理想生活的强烈对比与矛盾冲突，吐露出了壮志难酬的苦闷与惆怅。④描写在劳动中的切身体验和思想斗争的诗作。如《庚戌岁九月中于西田获早稻》，一方面写了诗人躬耕的劳累辛苦，另一方面则写了诗人对战乱世况的厌恶，尽管躬耕辛苦，但只要能远离乱世，这样辛苦劳累的生活也愿意继续下去。

034

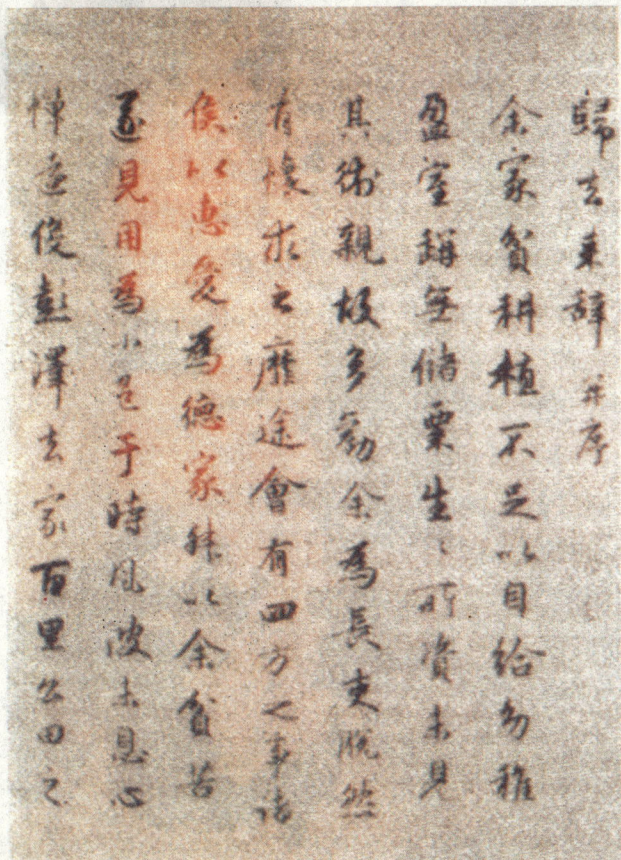

● 陶渊明《归去来辞》(局部，元代赵孟頫书)

陶渊明的诗饱含真情，意境浑厚，语言平淡质朴又醇美蕴藉，艺术风格多种多样，如同一碗温热的老酒，色香味正，醇厚隽永，令人回味无穷。他的创作，卓尔不群，遥遥领先，可谓是一颗照亮东晋文坛的明星。他所开创的田园诗更是一块新天地，促进了山水诗创作传统的形成，对南朝及唐田园诗的产生提供了宝贵的借鉴经验。同时，他还开创了以写意为主的意境塑造方法，往往通过奇特的想象、华丽的夸张和平淡的白描体现出来，形神并重，浑然一体。形成了平淡与醇美相统一、现实与想象相统一的朴素艺术风格。

3. 精悍凝练的乐府民歌

由于南北朝时期南北双方的长期对峙，以及政治、经济、文化和自然环境、社会生活等方面的差异，故南北民歌也各有特色，各有风格。概括而言，南北两地民歌的根本不同之处，便是南朝多艳曲矫情，北朝多高亢激越。其中，南朝的抒情长诗《西洲曲》和北朝的叙事长诗《木兰诗》便是代表作。尤其是《木兰诗》，更是流传千古，名扬中外。

现存下来的南朝民歌将近 500 首，远远超过汉代乐府诗。不过其中绝大多数为情歌，内容丰富，题材广泛。南朝民歌多用双关，并且多以女子的口吻写成；体裁短小，以五言四句形式为主；语言上清新自然，绝无矫饰；情感上缠绵悱恻，婉转多情。其产生与繁荣是同当时城市文化的发展密切相关的。《西洲曲》写的便是一个少女对外出江北情人的思念之情，表现了女子的相思之苦，全诗声情并茂，娓娓动人，情思缠绵婉转，真挚感人。南朝民歌的大量出现，一方面，其内容上谈情说爱对于梁陈宫体诗的形成与泛滥起到了推波助澜的消极作用；但另一方面，如此集中的情歌大量出现，也突破了传统儒家诗论认为诗歌必须为统治者服务的局限，更具开创性，具有积极的意义。

北朝民歌在数量上远不及南朝民歌，但在内容上却相当广泛、丰富，不再像南朝民歌多限于情歌那样狭隘，其所反映的社会生活方方面面，宛如一幅漫长精彩、丰富绚烂的北方民族生活画卷。

北朝民歌中最主要的内容是反映战争疾苦的情况。如《隔谷歌》，诗中兄长在绝望中所发出的那声"救我来"的凄厉悲惨的呼喊穿透了漫长的时间，直到今天依然能够震撼着每一位读者的心，让我们的眼前仿佛又浮现出那个时代的残酷和混乱。

与南朝民歌相比，北朝民歌表现出了自身独特的艺术特点，即质朴无华的语言，爽直坦率的表情，豪放刚健的风格。著名的北朝民歌《敕勒歌》，全诗仅 27 个字，却极其精准地描绘了浑

敕勒歌

敕勒川，
阴山下。
天似穹庐，
笼盖四野。
天苍苍，野茫茫，
风吹草低见牛羊。

● 《敕勒歌》

朴苍茫的草原景色，意境阔大，气势恢弘，充分反映了北方少数民族的生活情景和乐观豪放的精神气息，被誉为"千古绝唱"。同样还有一首不朽的杰作值得一提，即《木兰诗》，它与《孔雀东南飞》合称为"乐府双璧"。诗中成功地塑造了一个乔装打扮替父从军的木兰形象。作为一个深明大义的女子，当国难当头，父亲年迈，兄弟年幼时，毅然踏出闺房，带着一腔热血挺

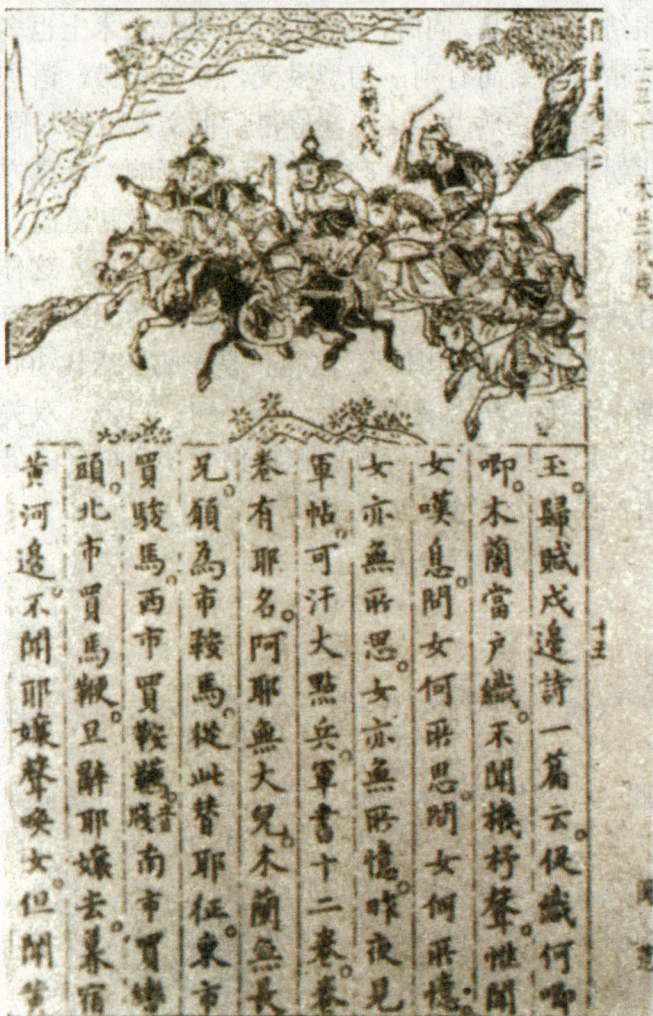

● 木兰代戍(选自明代万历刻本《闺范》插图)

身而出，慷慨救国，并且立下了赫赫战功。凯旋之时，又谢绝了可汗的封赏，只求返回家中。待回到家，木兰便脱下战袍，梳妆打扮，重又变成了一个明眸善睐、唇红齿白的美丽女子。她的形象突破了封建社会"女不如男"的传统观念，集中体现了中国古代女性的种种美德，以及广大妇女渴望同男子一样建功立业的壮志豪情。因此，《木兰诗》也可以认为是现实主义和浪漫主义相结合的作品。同时，《木兰诗》在写作艺术上也多有闪光点。剪裁精当，繁简有则，句型多变，长短交错，语言丰富多彩，具有极强的表现力。这些都值得后世文人挖掘、借鉴。

南北朝乐府民歌对后世产生了深远的影响。诗风方面，南朝"艳曲"助长了靡靡之音"宫体诗"的形成和泛滥，但北朝"刚健清新"的民歌却又给"宫体诗"以极大反击，这体现了当时文人对诗歌创作的探索。诗的体裁方面，南北朝乐府民歌开辟了五言、七言的"绝句体"，这也正是影响了唐代300年诗坛绝句的真正源头。在表现手法上，排比句、口语、双关语在诗歌上广泛运用，给后世的诗歌创作提供了一个很好的借鉴，推动了中国古代诗歌的发展。

4. 新诗风的探索与发现

南朝时，文人多注重诗歌艺术形式的完善与华美，但是由于对艺术形式过分讲究，造成了宫体诗的泛滥。与此同时，诗坛中也出现过一些有着积极意义的探索与变化。比如，谢灵运为代表的山水诗的兴起，鲍照对乐府诗的继承，"永明体"的产生，等等。

谢灵运（385～433），小名客儿，后世也称为谢客，东晋康乐公谢玄之孙。他极善于用敏锐的目光捕捉自然山水的特征及变化，用精工绮丽的文辞进行细微的刻画，从而创作出不少脍炙人口的佳句。如"池塘生春草，园柳变鸣禽"（《登池上楼》），"林壑敛

● 宋代刻本《三谢诗》之一页——谢灵运之文

● 谢灵运

040

暝色，云霞收夕霏"（《石壁精舍还湖中作》），"山桃发红萼，野蕨渐紫苞"（《酬从弟惠连》），"野旷沙岸净，天高秋月明"（《初去郡》）等，无不写得精警多姿，尽态极妍。他创作了大量的山水诗，将正在走入玄言诗歧途的诗歌拉进了一个新的发展天地，为山水诗的建立与中国古代诗歌的发展作出了突出贡献。

鲍照（？～466），南朝的重要诗人，他的诗歌继承了现实主义传统，传承了建安诗风。他还大量创作七言诗，如《拟行路难》其一、其三，与曹丕不同，他对诗歌的押韵设置有所改进，不再一韵到底，从而使得这类七言诗内容丰富，情感奔放，音节跳荡激越，顿挫变化，具有撞击读者心扉的巨大艺术力量。这使七言诗获得了艺术表现的更大自由，为后来庾信和唐七言诗的创作发展打下了良好的基础，具有深远的意义。

中国古代诗歌自产生以来，声调韵律一直是诗人根据经验自发调节而成，毫无规律可循。直到齐梁之际，这种状况才得到改变，格律诗开始形成。由于格律诗在形式上十分注重声律和对偶，诗歌创作有了较为严格的规定，与这之前的古体诗有很大的不同，因产生于永明年间，便被时人称作"永明体"。永明体的产生，一方面因为过分注重诗歌的形式，给诗歌创作带来了一些消极影响，另一方面也启示了诗人自觉利用四声来调声，增强了诗歌的形式美。它的产生实现了中国诗歌由非格律诗向格律诗的质的飞跃，同时也成为五言诗由古体向唐代近体诗过渡的桥梁。其中，具有代表性的作家有谢朓、沈约、王融等。

北朝时，因为战乱频仍，民不聊生，文学的发展一直比较荒凉，看不出蓬勃的生机。这种局面直到庾信的到来才得以改变，其开创的"暮年诗赋"成为这一时期的重要特色，不仅表现出了南方清绮的文风与北方质朴的文风相融合的趋势，也为唐代新的文学风气的形成做好准备。

庾信（513～581），梁代诗人庾肩吾之子。他的出现，使得衰败的北朝诗坛重新焕发生机。作为一位杰出的文学家，不论在诗歌上，还是在辞赋上，庾信都堪称大家，尤其是在诗歌的创作上作出了突出的贡献。他的诗中用典的密度超过了以往绝大多数诗人，却并不显得繁杂，反而精切巧妙。如《拟咏怀》其四、其十一等都是句句用典，或用典故字面之意，或用典故内在含义，或直用，或化用，灵活多样，意脉贯通，文字流畅，意境深远。他还写下过许多五言的新体诗，并且写得相当规范。杜甫曾对庾信后期的创作极为倾倒，评价说："庾信文章老更成，凌云健笔意纵横。"（《戏为六绝句》）又说："庾信平生最萧瑟，暮年诗赋动江关。"（《咏怀古迹》）可以说，庾信是南北朝一位集大成的作家，他在中国文学史上起到继往开来的重要历史作用，尤其是其后期的创作，成为中古文学向盛唐文学过渡的一座桥梁，唐代的许多著名诗人都不同程度地受到他的影响。

四

火树银花

——隋唐五代诗歌

隋文帝统一天下后，采取一系列政治措施和文化措施，文学开始改变南朝的轻艳文风，逐渐走上清新朴实的道路，或写边塞、乡愁，或写怨情，均有真实的情感基础。这一时期，由于统治者对浮华文风的抑制，南朝形成的浮华艳丽的诗风开始减弱，代表作家有卢思道、薛道衡、杨素。但隋炀帝时极力宣扬享乐主义，使文帝倡导的清新朴实的诗风被轻艳的文风取代，代表作家有江总、许善心、虞世基、王胄、庾自直等。

初唐时期，面对前隋短暂的统治，唐代能否持久便成为初唐广大文人思考的重要问题。因此，文人的心理特点是淡淡的喜悦与哀愁交融，诗境中带有冷静客观的特征。盛唐时期，经济繁荣，政治稳定，文人充满了自信与豪迈，作品中洋溢着乐观与豪情，唱出了时代的最强音，表现出了诗人对祖国和民族的热爱。其诗境雄浑阔大、慷慨激昂，代表了整个唐代最辉煌最壮丽的时段，重要作家有孟浩然、王维、李白、杜甫、岑参、高适等。中唐时期，社会矛盾日渐暴露，文人开始用理智的眼光重新审视社会，揭露矛盾，表现重大的社会问题。同时，诗人的情感是冷静而客观的，其诗境多带有苍凉幽怨的特点，表

四 隋唐五代诗歌

现了诗人化解社会矛盾的渴求。尤其是中唐大历（766～779）前后，诗歌呈现出明显的过渡状态，出现了多种多样的创作形式。代表作家有"大历十才子"、白居易、元稹、韩愈、柳宗元等人。晚唐时期，社会衰微，文人以极其悲凉的心情咏写社会和人生，流露出失望与忧伤的情绪，其诗境冷峻、肃穆、悲凉。代表作家主要有李商隐、杜牧、皮日休、韦庄、温庭筠等人。

1. 隋代及初唐诗歌

　　隋朝时，绮靡浮艳的宫体诗依旧占有统治地位。文人多来自南北两朝，文风仍是两朝文风并存，尤以南朝文风为主。但一些有名望的作家如卢思道、薛道衡、杨素等人也有少数清新刚健的作品，透露出一点新的时代气息。

　　初唐时期，诗歌创作还或多或少地受到隋朝的影响。著名的诗人有虞世南、上官仪、杜审言、沈佺期、宋之问等人，其中，沈佺期与宋之问在诗歌史上的最大功绩就是把律诗成熟的格式确定下来，从而形成了中国古代格律诗创作的一套严格的规律。此外，也出现了一些新起的诗人，王绩、"初唐四杰"、张若虚、陈子昂等人便是其中的代表。他们反对宫廷诗风，努力开创独具特色的新诗风，在诗歌的创作方法和表现形式方面均作出了一定贡献。

　　王绩（585～644）的主要成就集中在诗歌方面。他一生放荡不羁，中途弃官归隐，曾以陶渊明和阮籍相比。但既缺少陶渊明内在的热情，又缺少阮籍对生活的执著，所以只剩下闲适懒散的士大夫情调以及士族的偏见，使得他与社会生活之间的矛盾越来越明显，作品中显示出士族的偏见和阿Q式的高傲，在道庄思想的影响下逐渐形成了既愤世又混世的特点。其代表作有《野望》，全诗格调清新、情景交融，继承了南朝山水诗的描写技巧，充满了质朴自然的情趣，是一首地道的田园吟诗之作，也是唐诗中最早摆脱六朝脂粉气的近体诗，也因此被认为是唐山水诗派的先驱人物。

"初唐四杰"，即王勃、杨炯、卢照邻、骆宾王。他们均以文章齐名天下，在具体创作中，积极开拓诗歌内涵，努力摆脱齐梁文风；在诗风革新运动中走在了前面，对格律诗的创作作出

● 王勃

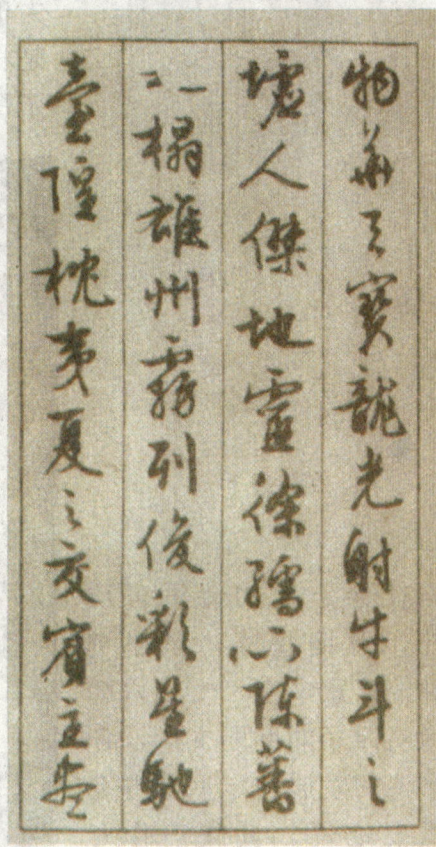

● 王勃作《滕王阁序》(明代文徵明书)

四 隋唐五代诗歌

Zhonghua
Wenming Shihua
中华文明史话

046

了贡献，诗歌开始从宫廷走向市井，从台阁移到江山和塞漠，题材扩大了，思想也严肃了，字里行间无不充溢着疏朗奋发的骨鲠之气，也促使了五言八句律诗的初步定型。同时，对此作出贡献的还有刘希夷和张若虚。

陈子昂（约 659～700），字伯玉，是初唐时期诗风改革成就最大的诗人。如果说"初唐四杰"是将诗从宫廷引入市井，那么陈子昂则是进一步将诗歌引向政治

● 骆宾王

与社会。他的诗语言质朴，意境苍茫，风格刚健，寓意丰富，一扫六朝艳丽浮华的靡弱文风，在唐诗的发展与定型上占有重要地位。其代表作有《登幽州台歌》。

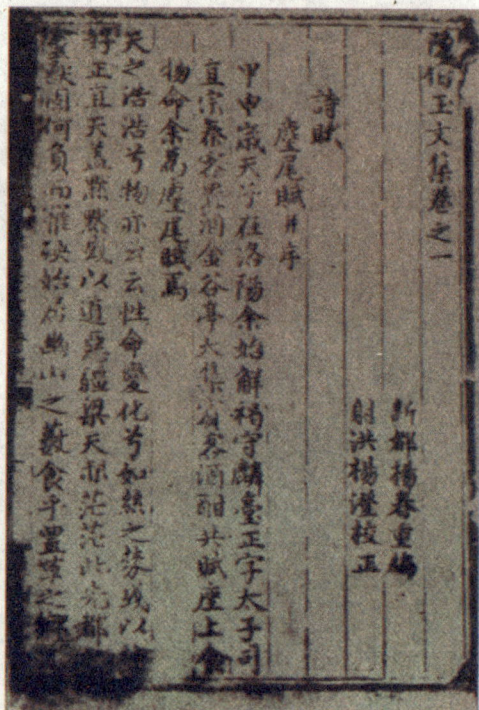

● 明代弘治四年杨澄刻本《陈伯玉文集》

2. 盛唐山水田园诗和边塞诗

盛唐时期，诗呈现出百花齐放的局面。除了李白、杜甫，还有以孟浩然、王维为代表的山水田园诗人和以岑参、高适为代表的边塞诗人。

孟浩然（689~740）的一生是在入仕和退隐的矛盾冲突中度过的。一方面因不能进仕而苦恼，另一方面又想在退隐中获得安逸，因此他一生最大的矛盾便是欲仕不得又不得不隐，最终抛弃了忠君进仕的思想，在流连山水中寻找人生的真正乐趣。其山水田园诗往往在描写美丽山水的同时，隐隐地包含了怀才不遇的痛苦和怨恨；诗境往往以一些冷清、凄迷、客观的景物作为环境背景。作为田园山水诗的代表性人物，孟浩然的五言诗《春晓》和五言格律诗《过故人庄》最为脍炙人口。《春晓》写的是

● 孟浩然踏雪寻梅图（武强木版年画）

春天简单的气候和景物，却概括得十分动人。春天懒洋洋的，人最爱睡眠，不知不觉的天已经亮了，只听见处处传来鸟的啼鸣声。只是昨夜风吹雨打，不知道有多少花朵落了下来。诗风自然平淡，语句清新畅达，正是孟浩然山水田园诗的重要特点。《过故人庄》写的是农村风光和朋友情谊，从远处入手，在近处徘徊；从粗处着眼，在细处品味，呈现出一种心灵的收摄状态。好友相聚，举杯畅饮，对着空地菜园，畅谈农桑生活，热情殷殷，风景迷人，希望等到重阳节的时候再来碰杯。真实生动，言简意赅，不愧为千古名作。

王维（？～761），字摩诘。王是在进仕中度过平坦一生的，是盛唐诗人中极为特殊的一个诗人。其前期作品充满了侠气，带有豪放率直的特征，表明其前期是昂扬向上、积极进取的，诗境慷慨激昂，意境阔大。后期受佛道影响，作品风格日趋平和，内

● 王维

048

●王维诗《九月九日忆山东兄弟》插图

容多描写田园隐逸生活，充满了佛道思想，诗境平和冲淡，自然洒脱。由于他是中国最早的水墨画家，因此，其诗中的山水意境往往通过画面的形式组合而成，且他善于捕捉客观事物的静态美，因此，其对自然山水的审美往往从美术的角度出发。王维存世的诗作有 400 余首，其中不乏脍炙人口的名篇，比如《观猎》，写诗人随将军外出打猎时的情景，不论是猎鹰动作的敏捷，还是将军射艺的高超，抑或是打完猎的快乐心情都描写得栩栩如生，并且还运用了一些典故，生动形象，委婉含蓄，恰到好处。他的不少诗句成为流传千古的名句，被人们代代传诵，尤其是绝句最受人称道。比如其代表作《鹿柴》，充满了神秘色彩，表现了诗人保守而恬淡的人生态度，有明显的佛理与禅意的烙印。

王维与孟浩然的山水田园诗均表现出了隐逸的思想感情，但又保持着昂扬高雅的情调。孟浩然的诗中多流露出求仕的情感，王维的诗中多表露出求隐的个人理想。一个是求仕不得，一个是欲隐不能，二人的诗作中隐含着深刻的矛盾。此外，就山水诗而言，他们均综合了陶渊明和谢灵运的优美灵动，不事雕琢，回归自然，使山水诗从幼稚走向成熟。

盛唐时期，边塞诗同样有很大的发展，代表作家有岑参和高适等人。

岑参（约 715～770）是一位浪漫主义诗人。其诗气势雄伟，想象丰富，热情奔放，尤其是其好奇的思想性格使他的诗呈现出雄奇伟岸的浪漫主义艺术魅力。他的诗以慷慨报国的英雄气概和不畏艰苦的乐观心态为基本特征，常选取边塞奇特的风物和奇异的风景为描写对象，却很少描写边塞的具体生活。

与岑参不同，高适（约 702～765）对边塞生活进行了客观的描写，是边塞诗派中成绩最突出的现实主义诗人，也是唐代边塞诗中最有现实主义意义的诗人。此外，王昌龄、李颀、王之涣等人同样以边塞诗闻名。尤其是王昌龄成就甚高，被人们称为"七绝圣手"，其最著名的诗作《从军行》，铺陈洒脱，古今贯通，起伏跌宕，气氛浓厚，具有极高的艺术价值，其中的精粹部分更是影响了后人的艺术创作。

3. "诗仙"李白和"诗圣"杜甫

开元、天宝年间，是唐代诗歌发展的极盛时期，出现了两颗光芒万丈的诗坛巨星，他们就是"诗仙"李白和"诗圣"杜甫。

李白（701～762），字太白，号青莲居士。他是中国诗歌史上继屈原之后又一个伟大的浪漫主义大诗人。在他的作品中，浪漫主义精神和浪漫主义手法得到很好的结合。盛唐的经济繁荣、社会安定，为李白创作出大量优秀作品提供了坚实的基础。李白一生都在苦苦追寻理想的人生方式，儒、道、仙、侠、艳他都曾尝试过，但是在对理想的追求中，他最终没能找到自己的人生定位。在灵魂的躁动中，在对理想不断地追求中，他的诗作以独特的品性和方式散发出永恒的青春气息。确切地说，他的诗歌在不同的阶段有着不同的特色。综合其诗歌中的全部思想，创作内容

● 李白

四 隋唐五代诗歌

大致分为 4 个方面：①歌咏壮志雄心与不怕挫折并抒发愤懑。②抨击时政，揭露黑暗丑恶的社会现实。③表现放浪不羁的性情，蔑视名教礼法。④描写壮丽河山之美、朋友之情和对妇女之思。

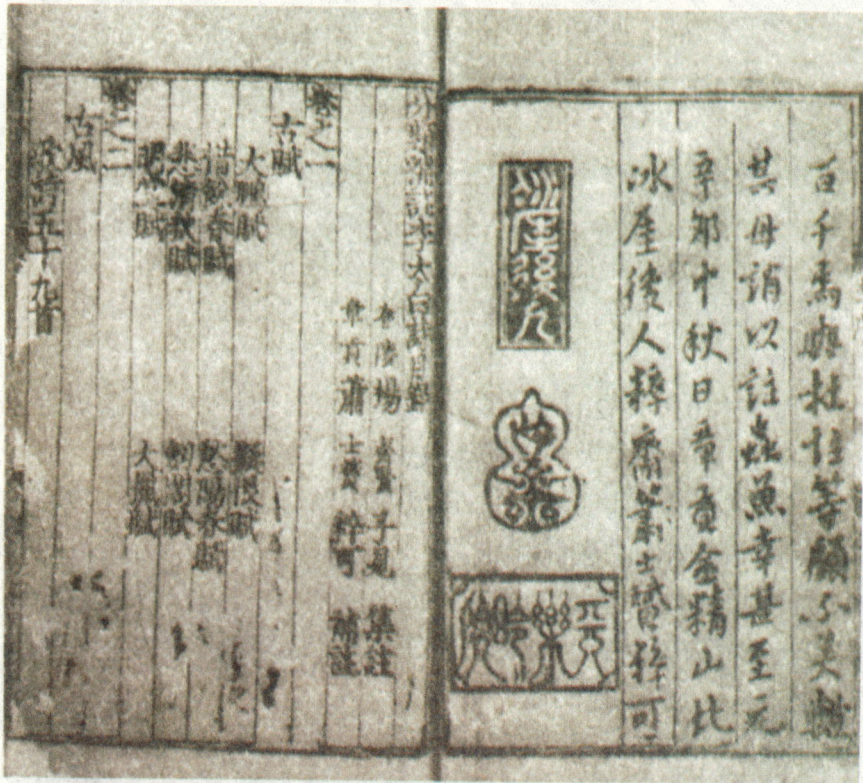

● 《李太白诗集》书影

李白的各体诗歌在艺术上均达到了炉火纯青的境地，其中，在七言诗上的造诣尤深。他的七言诗多语浅情深，自然明快，韵味醇厚，音节和谐，妙手天成，被推为唐诗中的"神品"。比如《望庐山瀑布》、《早发白帝城》、《黄鹤楼送孟浩然之广陵》、《望天门山》、《峨眉山月歌》、《赠汪伦》，等等。李白还很擅长五言绝句，比如《静夜思》、《子夜吴歌》、《赠孟浩然》、《玉阶怨》，等等，其中不少诗句成为流传千古的名句。

故人西辞黄鹤楼，烟花三月
下扬州。孤帆远影碧空尽，唯见
长江天际流。李白《黄鹤楼送孟
浩然之广陵》清湘黄氏六人群
山张志和烟波子法做其意 🔲

● 李白诗《黄鹤楼送孟浩然之广陵》插图

李白很善于捕捉客观事物的动态美，并且其诗境多以移动的时空、飞动的景物、跳跃的场景等动态形象构成，这些动态的东西反过来又构成了李白山水诗独特的形象美。李白对自然美的追求使他更注重"逸兴"，如"俱怀逸兴壮思飞"（《宣州谢朓楼饯别校书叔云》）；"三山动逸兴，五马同遨游"（《与从侄杭州刺史良游天竺寺》）；"日照香炉生紫烟，遥看瀑布挂前川。飞流直下三千尺，疑是银河落九天。"（《望庐山瀑布》）等。李白的山水诗还

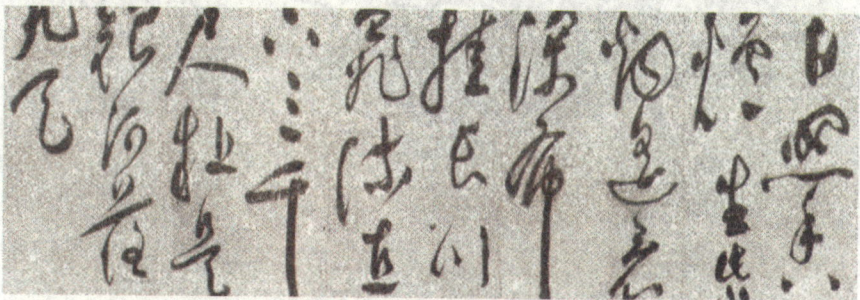

● 明代祝允明书李白《望庐山瀑布》

通过丰富的想象、大胆的夸张、新奇的比喻、惊人的幻想和神话传说极力渲染，具有极浓的浪漫主义色彩。如"我寄愁心与明月，随风直到夜郎西"（《闻王昌龄左迁龙标遥有此寄》）；"狂风吹我心，西挂咸阳树"（《金乡送韦八之西京》）；"桃花流水杳然去，别有天地非人间"（《山中答问》）；"高堂明镜悲白发，朝如青丝暮成雪"（《将进酒》）。

李白的诗歌不但继承了前代浪漫主义创作的成就，而且扩大了浪漫主义的表现领域，丰富了浪漫主义手法。这些成就，使得他的诗歌成为屈原之后浪漫主义诗歌的新高峰。另外，他还继承了陈子昂诗歌革新的主张，在理论和实践上使诗歌革新取得了最后的成功。其优秀的作品更是受到后人的广泛传扬与借鉴，极大地丰富了诗歌的内容，推动了诗歌的发展。

杜甫（712~770），字子美，自称少陵野老，后世称杜少陵、杜工部。是中国诗歌史上伟大的现实主义诗人，人称"诗圣"，

其诗被称为"诗史"。在中国历史上，也只有杜甫及其诗歌享有此项殊荣。究其根本，主要是因为杜甫以忧国忧民的儒家情怀借助如椽的笔杆真实地反映了那个时代的历史状况，确切地说，就是杜诗的出现实现了中国诗歌继《诗经》、《楚辞》和陶渊明之后又一次与中国文化的核心价值发生重要关联。

杜诗内容丰富，题材广泛，感情深刻细腻，意义宽厚隽永。艺术上，渗透着爱国主

● 杜甫

● 杜甫草堂(四川成都浣花溪畔)

四 隋唐五代诗歌

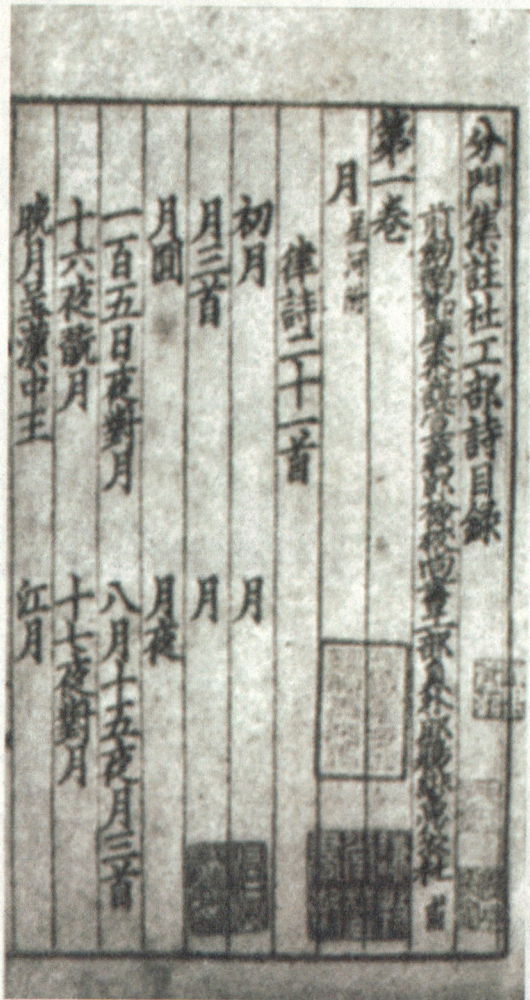

●《杜工部诗集》(宋刻本)

义精神与人道主义精神，正如他在《茅屋为秋风所破歌》中唱出的那样，"安得广厦千万间，大庇天下寒士俱欢颜，风雨不动安如山"，这样深厚的情感与博大的胸襟，实在是令人钦佩。他用凝重深刻的笔墨刻画了不平等社会存在的各种丑陋现象，极具现实主义意义，并且诗歌多通过带有悲剧性色彩的事物、事件、场景进行描写，给人以心灵上的强烈震撼，如他著名的"三吏"（《新安吏》、《潼关吏》、《石壕吏》）、"三别"（《新婚别》、《垂老别》、《无家别》）。他的诗歌如长江大河，有时波澜不惊，有时惊涛骇浪，有时曲岸平沙，有时浩渺无际，相当深刻、全面地反映了当时的社会百态。同时，他的诗歌形式多样，各体兼备，曲尽美妙，自铸伟辞，使得唐诗在诗歌艺术上达到了顶峰，并且获得了新的发展，出现了新的境界。

杜甫在律诗上的成就最为突出。他的律诗沉郁顿挫、自成一家，笔调雄浑凝重，抑扬顿挫，蕴涵着诗人忧时愤世、悲壮苍凉的丰富深沉的思想感情，而且在措辞造句上，精工凝练，稳重有力，含蕴丰富，具有很高的艺术价值。比如"车辚辚，马萧萧，行人弓箭各在腰。耶娘妻子走相送，尘埃不见咸阳

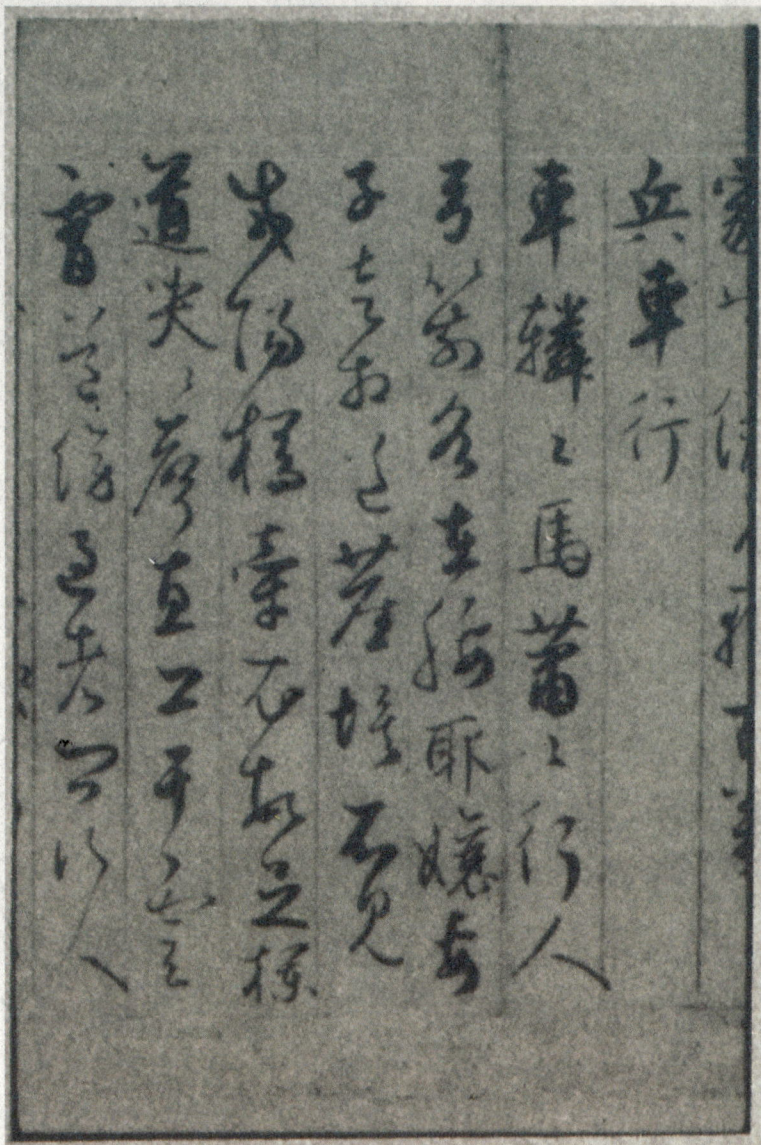

● 元代鲜于枢书杜甫《兵车行》

桥。"风急天高猿啸哀，渚清沙白鸟飞回，无边落木萧萧下，不尽长江滚滚来。万里悲秋常作客，百年多病独登台，艰难苦恨繁霜鬓，潦倒新停浊酒杯。"（《登高》）整首诗对仗工整，句句谐律，一意贯穿，一气呵成，锱铢钧两，毫发不差，可谓诗中精品。《春夜喜雨》一诗则描写了清晨春雨滋润大地万物，花开鲜艳，绿草鲜美的美丽景象，表达了诗人对大自然的喜爱之情。尤其是诗中"随风潜入夜，润物细无声"两句，还揭示了一定的生活哲理，成为教育者的至理名言。五律《望岳》显示了诗人开阔的胸襟和青年时期蓬勃的朝气，尤其是最后两句"会当凌绝顶，一览众山小"，直接表现出了诗人的凌云壮志，揭示出一种普遍的生活真理。此外，《月夜》、《春望》、《蜀相》、《旅夜书怀》、《秋兴八首》、《咏怀古迹》、《登岳阳楼》等，同样具有极高的艺术价值，对后世产生了重要的影响。

杜甫与李白关系甚密。二人的诗歌在创作方法上虽然一个以浪漫主义见长，一个以现实主义取胜，但在艺术成就上，却是难分高下的。

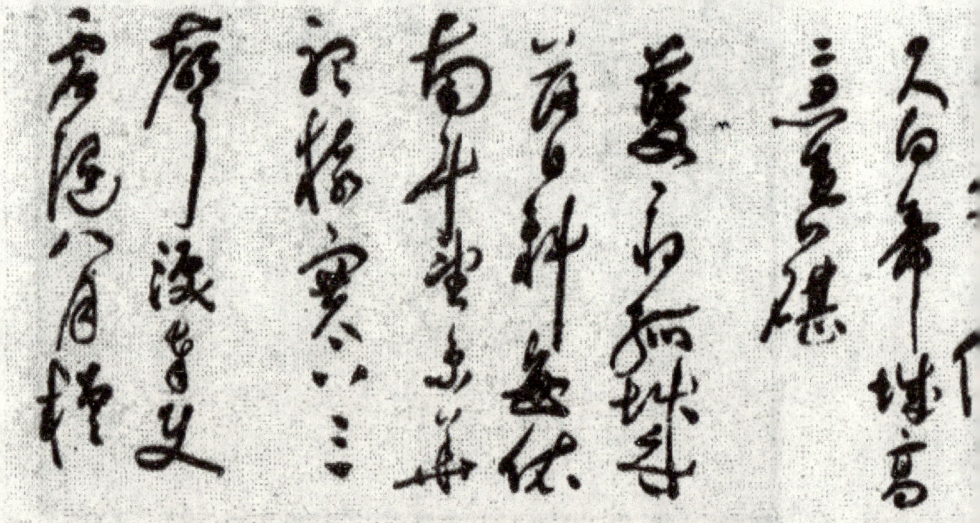

● 明代祝允明书杜甫《秋兴八首》

4. 白居易与中唐新乐府运动

"安史之乱"是唐代社会的转折点，也是唐代诗歌的重要转折点。自此以后，诗歌的整体风格由浪漫主义转向现实主义，杜甫便是这一转变的旗手。及至白居易为首的新乐府运动的兴起，中国诗歌的现实主义精神发展到一个新的高度。元结、顾况、刘长卿、韦应物等人面对中唐前期诗歌呈现出的明显多元化发展局面，都曾提出了一些现实主义的诗歌理论，并进行了卓有成效的创作实践，首开中唐新诗境，成为新乐府运动的先驱。

白居易（772～846），字乐天，号香山居士、醉吟先生。作为新乐府运动的主要领军人物，他在诗歌史上的最大贡献便是提出诗歌必须为政治服务的理论，并身体力行地推动了理论的实行。他认为"文章合为时而著，诗歌合为事而作"，提出了诗歌应该为

● 白居易

时代、为现实而创作的主张，还特别强调诗歌应该反映民生疾苦，更好地充当一面体现民众心声的镜子，将自身与政治、经济、社会和人民的生活紧密联系在一起。另外，白居易认为生活是诗歌的源泉，诗歌应该来源于生活，植根于社会，充分反映现实生活；强调诗歌的教育作用和社会功能，认为诗歌是情感高度浓缩的产物，可以通过语言、声音等元素使人受到感化，让统治者有所觉察，体察民情；认为诗歌的形式与内容应该是统一的，即形式必须为内容服务，力求语言上的通俗易懂，音节上的和谐一致，反对华而不实的雕章镂句。

白居易诗歌现存世 3 000 多首，是唐代保存诗作最多的诗人之一。他曾将自己 51 岁以前创作的 1 300 多首诗分为讽喻、闲适、感伤、杂律四类。其中最有价值的应是讽喻诗。白居易极其重视讽喻诗的创作，其内容、题材也是多种多样，往往具有深刻的思想，极高的价值。代表作有《红线毯》《观刈麦》《卖炭翁》等。当然，白居易在其他类型的诗歌上也有成就，其感伤诗便有两首流传千古的杰作，分别为《长恨歌》和《琵琶行》。

《长恨歌》是白居易叙事诗中最长的一篇，取材于唐明皇和杨贵妃之间的爱情悲剧，具有双重主题：讽刺唐明皇贪恋女色，葬送江山；歌颂他们之间的真挚爱情。整首诗前半部分写实，具有高超的现实主义，而后半部分则主要写虚，极富浪漫主义。想象丰富，栩栩如生，人物形象生动感人，语言声调优美铿锵，同时又将写景、叙事、抒情完美地融为一体,自然巧妙。《琵琶行》表现的是对一个妓女不幸命运的同情,在艺术上融入作者自身的感受。构思布局曲折回旋,状物说理透彻入微,刻画感情细腻生动,笔触语言情景交融,具有极强的艺术感染力。并且,他还用形象鲜明的事物比喻音乐变化,使人感到音乐可捉可摸,沁人心脾。

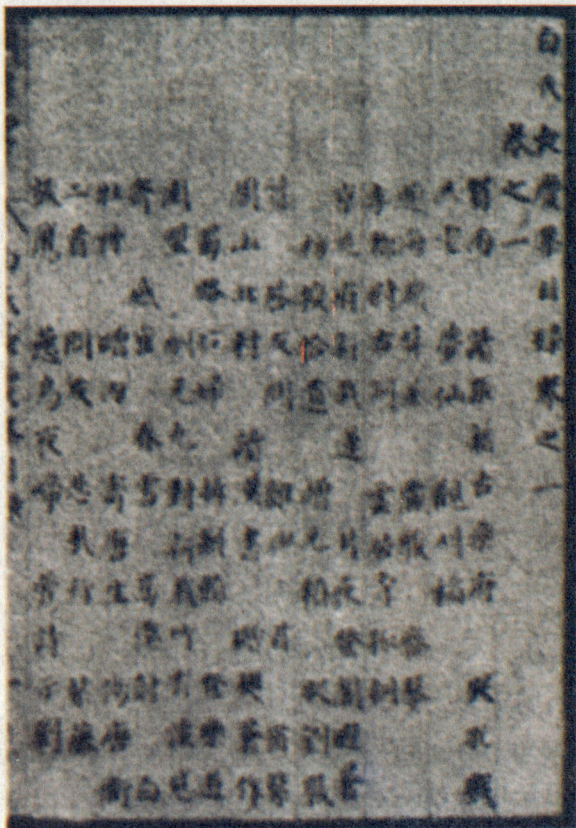

●《白氏长庆集》(明刻本)

　　白居易的诗歌受陶渊明、韦应物清新自然、平淡畅达的诗风影响较大,语言通俗,明白易懂。叙事和论文相结合,并且善用鲜明的对比写诗。在塑造人物形象上,又极善于运用外貌和心理的细节描写,主题专一明确。其风格独特的新乐府,影

响深远，贡献巨大，在为后来的戏剧发展提供了丰富的题材的同时，也深刻地影响了中外文坛。除此之外，新乐府运动的主要参与者还有元稹、张籍、王建等人。尽管他们的诗名和政治地位不如白居易，但同样对新乐府运动作出了一定程度的贡献，功不可没。

5. 别具韵致的晚唐诗歌

至晚唐，诗歌已不像盛唐诗歌那样寓情于景或者通过对景物事件的描写来表达自己的生活感受和内心情感，而是渐渐趋向于由外在表现向内心收缩，更加注重表现自己体验到的心灵世界，心情意绪成为诗歌的主题。这正是中唐以后诗歌由"外"向"内"转变的体现，也是中国审美历程中从"文以气为主"到"文以韵为主"，从"立象以尽意"到"境生于象外"的一次重要的审美转向。这时期的文学由于受到社会衰微的消极影响，文人开始以极为悲凉的心情咏写社会与人生，情感中流露出失望与忧伤的特点，其诗境冷峻、肃穆、悲凉。多以艳体与曲笔写深情与苦闷，在浓厚的感伤情绪与悲剧意识中展示精工细小、静谧深邃的诗境，这之中，李商隐是极具代表性的人物。

李商隐(约813~约858)是个有理想，有抱负，关心现实政治的诗人，这些在他的早年时候表现得尤为突出。胸怀大志的他曾写出不少关注现实的文章和诗篇，咏史诗便是这方面的代表，见解深刻、言辞犀利，具有重要价值。如《隋宫》，诗中通过写隋炀帝的恣意放纵、昏庸无道、劳民伤财，从而寄寓了隋朝必然灭亡的历史教训。李商隐真正对后世影响最大的还是爱情诗，而这些爱情诗又大多无题，朦胧隐晦，令人费解，往往很难读懂诗的内在本意。其中，最具代表性的当数《锦瑟》一诗。原诗没有题目，《锦瑟》为后人所加。诗为作者晚年所作，写作者对于往事的追忆和感慨。其大意，是说秦帝已经将瑟改为二十五弦，你这锦瑟为何还是五十弦呢？因为一弦一柱都会令人想到年华老去。往日的理想，抱负都如梦幻一般，自己无穷的忧愤又无法言明，只能借杜鹃的啼鸣来抒发心中的切切言语。海中鲛人哭泣时眼泪会变成珠子，美玉在日光下会生出烟影，这些事情何必要成为今后追忆的对象呢？我早已有惘然之感。全诗皆用比兴手法，用典恰到好处，具有

● 李商隐

极高的艺术性，营造了深情绵邈、绮丽精工的新诗境，促进了诗歌的发展。

锦瑟无端五十弦，一弦一柱思华年。
庄生晓梦迷蝴蝶，望帝春心托杜鹃。
沧海月明珠有泪，蓝田日暖玉生烟。
此情可待成追忆，只是当时已惘然。

● 李商隐《锦瑟》

四 隋唐五代诗歌

五

铿锵悲壮——宋元诗歌

宋代，尽管一些文人创作出了大量题材广泛、内容丰富的诗歌，尤其是王安石对宋诗基调的奠定作出了不可忽视的贡献，但是，格律诗的发展还是呈现出日渐衰落的趋势。直到苏轼出现，宋诗才真正形成了自己的特点，即以文为诗，以议论为诗，以才学为诗，并且苏轼的诗也成了宋诗的典范。待宋诗发展到黄庭坚时，又出现了一种精警峭拔、生新瘦硬的山谷诗风，更大地丰富了宋诗的内涵与表现力。

北宋初期，王禹偁为代表的香山派，在继承杜甫、白居易现实主义精神的基础上做出新的发展；以林逋为代表的晚唐派，内容上主要是歌咏隐逸闲适、远离尘世的生活；以杨亿、刘筠为代表的西昆派，其诗歌明显继承了李商隐华彩妍丽的诗法，堆砌典故，对偶工巧，词采华美，韵律和谐。

北宋后期，黄庭坚创立江西诗派，主张推崇杜甫，提倡以故为新，点铁成金，脱胎换骨，风格瘦硬拗峭。

南宋时，杨万里开创"诚斋体"，主张师法自然，自成一体。这时期，还出现了南宋中期成就最高的"中兴四大诗人"，即陆游、杨万里、范成大、尤袤。其中，范成大与杨万里齐名，其

五

宋元诗歌

诗吸收中晚唐风格，反映社会面广，语言意象上注重锤炼雕琢，深沉含蓄，典雅华贵。他还发展了田园诗，注重把握人与自然的内在联系，强调自然是人生命的一部分，人可以从自然中体味生命的幽韵和律动。陆游是这时期产量最丰的爱国诗人，他的诗揭露了外族入侵、统治者无能给国家和人民带来的深重苦难，极富现实主义精神，在当时和后世都产生了很大的影响。在陆游之后，南宋诗坛先后出现了三种诗潮：一是以永嘉四灵为代表的永嘉诗派。所谓永嘉四灵，实际是指徐玑(字灵渊)、徐照(字灵晖)、翁卷(字灵舒)、赵师秀(字灵秀)，因为四人字中均有一个"灵"字，故因此得名。其诗推崇贾岛、姚合，标举晚唐诗风，要求以清新之语言写野逸清瘦之趣。二是江湖诗派，成员多为落第文人，生活上居无定所，流浪江湖，以献诗卖艺为生，成为江湖诗客，其代表人物有刘克庄、戴复古等人。最后一个诗潮是南宋灭亡前的爱国诗潮。这一时期，因为特殊社会形势的影响，涌现出大批的爱国诗人。文天祥便是其中的代表人物，其诗慷慨悲壮，陈词激昂，表现了他的英雄气概和爱国情怀，为后世树立了一个道德与正义的楷模。

元代时，中国古代文学发生重大转折，即以诗歌、散文为代表的正统文学走向衰落，而以小说、戏曲为代表的俗文学逐渐发展壮大。在这种形势下，元代诗歌发展极不景气，少有成就。当时的作家多为从政文人，其诗歌模仿唐宋诗法痕迹严重，且题材狭窄，意境浅显，表现力极为有限。即便是名重一时的"元诗四大家"，其诗歌也大多内容空泛单一，艺术上追求典雅，实际成就不高。当时，最杰出的诗人当推王冕，而少数民族诗人中则以萨都剌成就最高，他们的诗多反映社会现实，同情人民疾苦，具有一定的思想深度。

总体看来，这个时期的文学有辉煌，也有衰落，但发展是主要的。这个时期的文学，不大注重外向的宣扬，而是更加偏重于理性思考和内向的省悟和体察，在继承中唐以来文学发展的基础上走向了一个新的高度，尤其是诗歌的发展，表现尤为明显。唐诗以韵胜，故浑雅而贵蕴藉空灵；宋诗以意胜，故精能而贵深析透辟。唐诗之美在情辞，故丰腴；宋诗之美在气骨，故瘦劲。

1. 北宋诗文革新运动

北宋建立，结束了唐末五代的分裂割据局面。经济得到发展，政治相对安定，人民生活有所好转。统治者为了粉饰太平，有意提倡诗赋，极大地激发了文人的创作热情，唐五代艳丽浮靡的文风再次得到推崇，西昆派由此应运而生。

作为北宋前期最重要的诗歌流派，西昆派主张诗歌创作应效法华彩妍丽的李商隐体，讲究对仗的工巧、辞藻的雕饰和音节的和谐。但因为他们只学到了李商隐形式美的片面倾向，缺乏真正的生活感受，所以其作品感情虚假，仅仅是搬弄一些典故而已，缺少感染力。直到宋代王禹偁时，才在反对宋初西昆体上有所成就，也收到了较好的效果。其文文风清健，寄托深厚，清丽疏朗，迂徐婉转，在继承杜甫、白居易现实主义传统的同时，又开启了欧阳修、苏轼散文的先导，在宋初文坛上独树一帜。特别是宋真宗时下诏复古，极大地推动了诗文的革新运动，再加上后来大批文人的共同努力，古文革新运动才得以取得决定性的胜利。

诗文革新运动又称新古文运动，目的是为了适应当时政治改革的需要，纠正浮靡的文风，贬抑华而不实、艰深险怪的文风，建立古朴平易、内容充实的文风。实质上是政治改革的一

个部分，同时又是韩愈古文运动在新的历史条件下的继续和完成。作为北宋诗文革新运动的领袖人物，欧阳修继承并发展了韩愈的古文理论，主张文以明道，文道结合，二者并重，反对浮艳华靡，提倡平易自然。

应该说，欧阳修的思想基本上是属于儒家的，但是他又不完全推崇传统的儒家道统，而是将儒家思想中的精华部分加以提炼、宣扬。当时，在古文革新运动中，有不少人走了弯路，尤其是道学家石介在古文运动中发展了一种深僻险怪的文体——太学体，这种文体主张古文应为僵死的封建教条服务，极大地阻碍了古文革新运动的继续和发展。在这种情况下，欧阳修以其非凡的魄力，在主持贡举时通过科举考试大力提倡平易浅近的文风，打击险怪奇涩的太学体，对于那些太学体士子一律不选，只取那些辞义古朴、平易通达的文章。正是这个时候，言辞朴实的苏轼、苏辙之文章得到欧阳修的大加赞赏，被评为上等，兄弟二人双双进士及第，欧阳修这一果断措施对于诗文革新运动也起到了重要作用。

欧阳修（1007～1072）字永叔，号醉翁，晚号六一居士。自称庐陵人（因吉州原属庐陵郡）。欧阳修是一个杰出的散文家，在散文革新的同时，也进行了诗风改革。他认为，诗文的创作应该是由物生情，自然而生，不应该成为主观意识的产物。虽然欧阳修在诗歌上的造诣不及散文，但同样留下来一些有名的作品。而他的诗又

● 欧阳修石刻像

具有明显的古文笔法，往往能够在关键处突发议论，标新立异，振兴全诗。他的诗也很注重理性思考。比如《戏答元珍》这首诗，历来被看作是欧阳修的代表作，诗中一方面抒发自己遭贬谪后痛苦、抑郁的心情，另一方面又抒发了自己豁达开朗、乐观向上的心境，表现了自己坚强不屈、百折不挠的决心，极富理性思考，寓意深刻。后期，欧阳修效仿李白、孟郊、贾岛、李贺以及白居

● 欧阳修

居士集卷第三

六一居士欧陽 備

古詩三

啼鳥一首
遊瑯琊山一首
讀徂徠集一首
大熱二首

幽谷泉一首
百子坑賽龍一首
憎蚊一首
重讀徂徠集一首
汝瘿一首
滄浪亭一首
寶劍一首

五

宋元诗歌

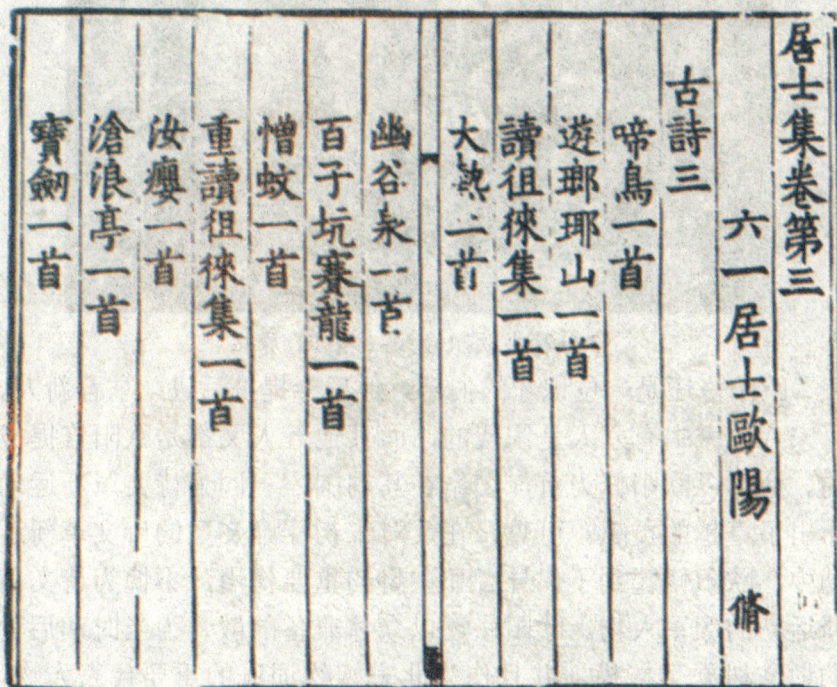

● 欧阳修所撰《居士集》（宋代绍兴衢州刻本）

易，有意突破西昆派雕饰华丽的诗风，追求诗风的自然质朴，平易疏畅。欧阳修的诗以散文的手法和以议论入诗，议论上往往能够与叙事、抒情相融合，富有情韵，情感丰富，表达自然，其语言的清纯流畅，质朴纯粹，不加藻饰，自然干净，对李白和韩愈的诗风都有所继承，也对后来苏轼和王安石的诗歌产生了一定的影响。

● 苏轼书欧阳修《醉翁亭记》原拓

　　欧阳修还是一位识才的伯乐。他乐于提携后进，举荐新人。唐宋八大家中有六人是宋代的，而其他五人又都是欧阳修提拔的。他们以欧阳修为首，团结在其周围，一同为诗文革新运动作出了卓越的贡献。可见，在反对宋初浮靡文风的诗文革新运动中，欧阳修起到了倡导者和主将的重要作用，不愧为诗文革新运动的领军人物。欧阳修还以众体兼备的散文为当时和后世的散文树立了楷模，并且作为北宋婉约词风的重要代表人物，在宋词的风格和词境上均作出了具有开创性意义的重要贡献，推动了宋词的发展、成熟和兴盛。他的诗也与梅尧臣齐名，对后来宋诗基本特征的形成具有深远影响。

2. "三苏"

　　"三苏"，即苏洵、苏轼、苏辙，同属"唐宋八大家"。"三苏"中以苏轼最为著名。

　　苏轼（1037～1101），字子瞻，号东坡居士。眉州眉山（今属四川）人，苏洵之子，苏辙之兄。出身于书香门第，较早接受熏陶，自己刻苦努力，故青年时期便具备了深厚的历史文化知识和多方面的艺术才能，诗、词、文、书、画无所不精。

　　诗歌方面，苏轼最大的贡献便是率先打破"唐风"，建立"宋调"。比如《游金山寺》一诗，纪昀曾评价"首尾谨严，笔笔矫健，节短而波澜甚阔"。诗中既有韩愈《山石》诗的奇峻，又有李贺《李凭箜篌引》的瑰丽，更有宋诗"打通后壁"、"透过一层"的品格。

　　苏轼诗中多反映民生疾苦，

● 苏轼

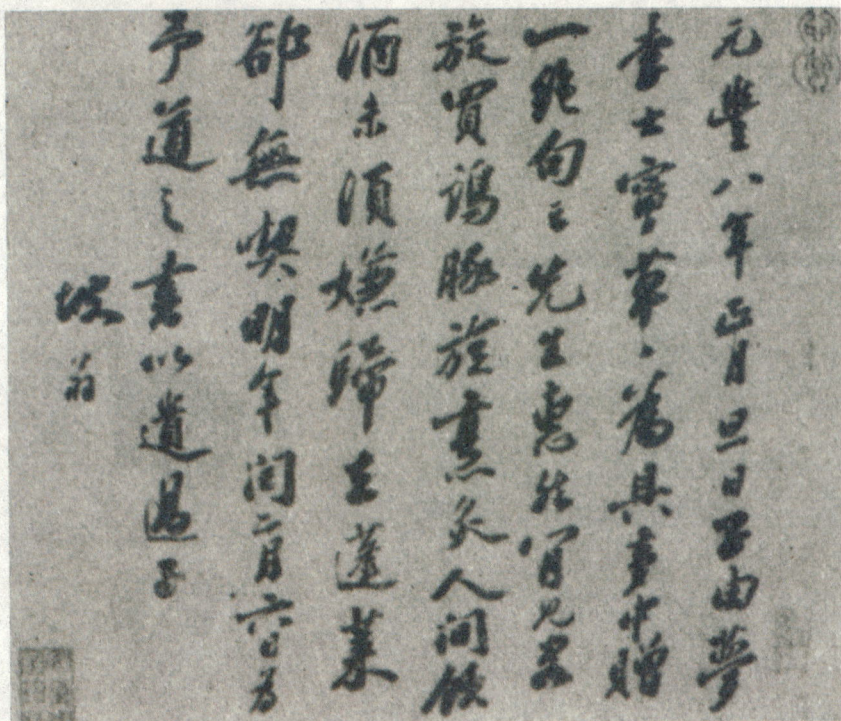

● 苏轼墨迹

关注社会现实，内容广阔，风格多样，笔力纵横，穷极变幻，字里行间多蕴涵有丰厚的人生哲理，意象奇崛，意境深邃，具有广泛而深刻的社会意义。如《除夜大雪留潍州元旦早晴遂行中途雪复作》一诗，明显流露出诗人悯农、劝农、忧农、助农的心态。晚年，苏轼十分尊崇陶渊明，创作了许多"和陶诗"，如《和陶归园田居六首》，诗中有儒，但不是俗儒，而是具有超越精神的儒；有道，但不是祈求长生或无为而治的道，而是与天地精神独往来的道；有禅，但不是摒除杂念、屏气凝神的苦禅，而是感悟生活、体味本体的活禅；有隐，但不是为隐而隐的隐，而是一无所隐的隐，由此可见，其生命已经达到了高度的审美境界。若以诗法论之，其诗凌空蹈虚，出如万斛泉源，不择其地；行如列子御风，无所待而自发，为宋诗的发展开辟了崭新的道路。至此，宋诗才真正形成了自己的基本特点，即讲究才学与议论，注重意象的新奇、观察的细致和构思的巧妙，以情悟理，化理为情，在具体表现上则注意表现力的丰富与强化，往往奇趣横生，妙趣无穷，新颖巧妙，并且诗的题材也得到空前的拓展与丰富。宋诗的这些基本特点均在苏轼的诗中体现出来，换言之，苏轼的诗歌是宋诗特点的集大成者。因此可以说，苏轼诗的出现标志着宋诗的成熟，也使宋诗发展达到一个新的高度。后世虽将苏轼和黄庭坚的诗并称，其实黄庭坚终究无法与苏轼并肩。

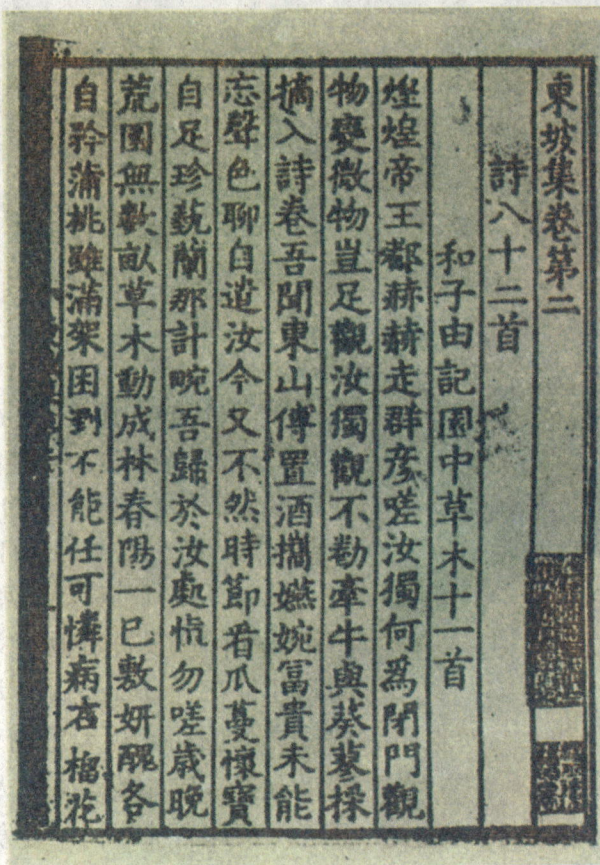

● 宋代刻本《东坡集》

五

宋元诗歌

苏轼在词和散文上均颇有建树，其词凝聚了深重的时代意识和深厚的文化底蕴，富有理趣，大气豪放，直抒胸臆，具有巨大的艺术魅力，对后世词的继续发展产生了深远影响。

苏轼还有意提拔新人，培养后进。当时有许多作家慕名而来，团结在他的周围，著名的"苏门四学士"有黄庭坚、秦观、张耒、晁补之，四人于文坛各有所成，影响深远，对于中国古代文学的发展作出了杰出贡献。

074

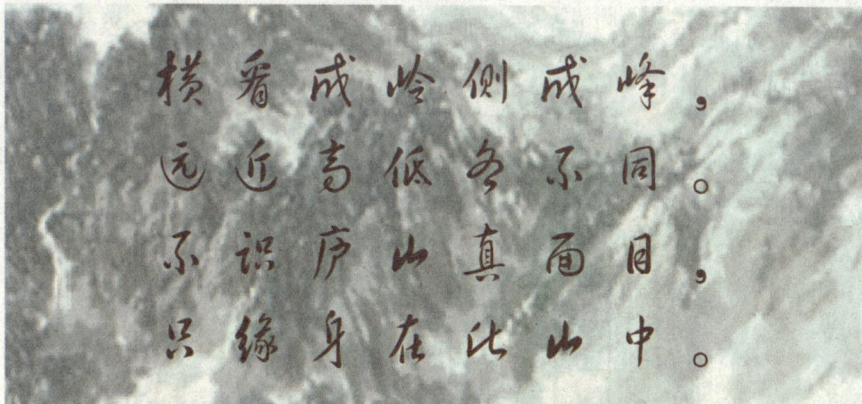

● 苏轼《题西林壁》

● 苏洵

苏洵(1009～1066)，字明允，号老泉，苏轼、苏辙之父。据说27岁才发愤读书，经过十多年的闭门苦读，学业大进。仁宗嘉祐元年(1056)，他带领苏轼、苏辙到汴京，谒翰林学士欧阳修。欧阳修很赞赏他的文章，于是向朝廷推荐。一时公卿士大夫争相传诵，文名因而大盛。苏洵作诗不多，擅写五古，质朴苍劲。宋人叶梦得评其诗"精深有味，语不徒发，正类其文"。其《欧阳永叔白兔》、《忆山送人》、

《颜书》、《答二任》、《送吴待制中复知潭州二首》等都不失为佳作。

苏辙(1039～1112)，字子由，苏轼之弟。苏辙写诗力图追步苏轼，今存诗作为数也不少，但较之苏轼，不论思想和才力都要显得逊色。早年诗大都写生活琐事，咏物写景，与苏轼唱和之作尤多。风格淳朴无华，文采少逊。晚年退居颍川后，对农民生活了解较多，写出了如《秋稼》等反映现实生活较为深

● 苏辙

刻的诗。抒写个人生活感受之作，艺术成就也超过早期，如《南斋竹》："幽居一室少尘缘，妻子相看意自闲。行到南窗修竹下，忱然如见旧溪山。"意境闲澹，情趣悠远。苏辙于诗也自有主张。他的《诗病五事》以思想内容为衡量标准，对李白、白居易、韩愈、孟郊等都有讥评。如说李白"华而不实"，说"唐人工于为诗而陋于闻道"，这看法在宋代有一定代表性。

3. 保家卫国的南宋诗人

南宋时期，以陆游、范成大、杨万里、尤袤"中兴四大诗人"为代表的诗人将江西诗派学习杜甫的路子转到爱国主义上来，他们的很多作品中都表现出强烈的爱国热情，一时间，举国上下，蔚然成风。及至南宋后期，一些有代表性的诗派相继出现，比如四灵诗派、江湖诗派、爱国诗派等，这些诗派各具特色。

● 黄庭坚

江西诗派是北宋末期南宋初期的著名诗歌流派，源于两宋之交诗人和诗论家吕本中的《江西诗社宗派图》，主张推崇杜甫，提倡以故为新，点铁成金，脱胎换骨，风格瘦硬拗峭，代表作家黄庭坚是江西人，故称"江西诗派"。

江西诗派的发展可分为三个时期，即以黄庭坚、陈师道为代表的产生期，以吕本中、曾几、陈与义等人为代表的扩展期和以杨万里、

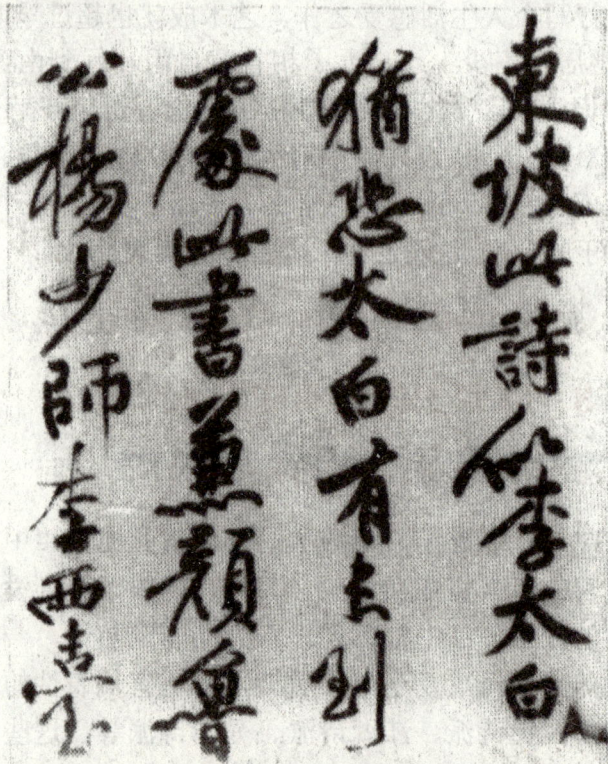
● 黄庭坚墨迹

范成大、陆游为代表的末期。其中，以第三个时期成就最高，影响最大，具有标志性意义的现象便是"诚斋体"的出现。"诚斋体"由杨万里开创，其号诚斋，因此得名。"诚斋体"强调作诗应从自然中感悟，内师心源，外师造化，要求师法自然，感悟自然，想象新颖清新，语言活泼，风格诙谐幽默，自成一体。这些特点在杨万里的作品中多有表现，他还将诗歌创

● 范成大

作发展到了自由的境界，成为宋诗中很有特色和影响的一家。另外，与杨万里齐名的范成大此时期对于诗歌的发展也作出了自己的贡献，尤其是在田园诗上。而这个时期成就最高的诗人则是陆游。

● 陆游

陆游（1125～1210），字务观，号放翁。自小深受家庭文化和爱国思想的熏陶，文学与爱国便成为其一生中最重要的两部分内容。他在诗、词、散文方面均有成就，尤以诗歌成就最高，一生曾创作了万余首诗，是中国诗歌史上产量最多的诗人。这些诗内容丰富，题材广泛，其中最突出的是反映民族矛盾的爱国诗歌，如《关山月》，表达了诗人爱国愤世的激情，

五　宋元诗歌

悲壮激昂，感人至深，是最能代表陆游爱国诗篇的思想和艺术风貌的作品。在陆游诗歌中，表达对民生疾苦真切关心的作品也占有相当的比重。他在关心百姓的同时，往往以尖锐的语言批判官府的腐败专制，这种勇气和精神在中国古代诗人中是十分难能可贵的。

陆游的诗明显呈现出现实主义与浪漫主义相结合的艺术特色。他一般不作叙事诗，而是将客观的复杂事物总结为主观的感受，往往将巨大而丰富的内容压缩在一首短诗中，以有限的文字表达无限的情感。他的诗中还具有丰富瑰丽的想象和奇特的夸张，并且因为这个原因，还被时人赋予"小李白"的称号。语言洗练自然，平易晓畅。作为中国诗歌史上产量最多的诗人，陆游的诗歌在思想和艺术上继承并发扬了现实主义和浪漫主义的优良传统，一扫江西诗派的积弊，把诗歌从象牙塔中解放了出来，成为

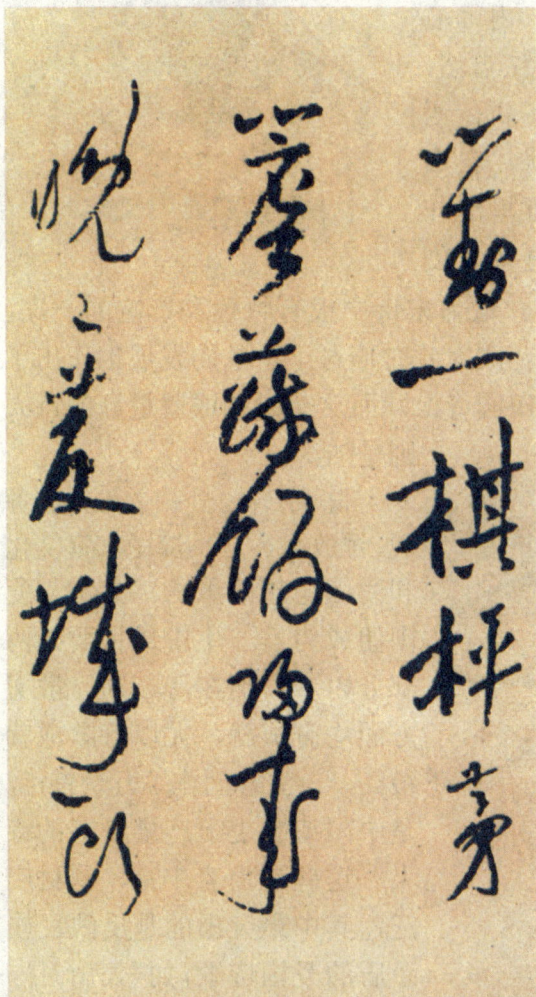

● 陆游诗稿墨迹

死去元知万事空，
但悲不见九州同。
王师北定中原日，
家祭无忘告乃翁。

● 陆游《示儿》

现实斗争中的号角和武器，笼罩了整个南宋后期诗坛，也打击了当时的敌人、投降派，鼓舞着爱国人民，对当时和后世都产生了很大的影响。

陆游以后出现了三种诗潮：一是四灵诗派。代表诗人是永嘉(今浙江温州)诗人徐玑(号灵渊)、徐照(字灵晖)、翁卷(字灵舒)、赵师秀(号灵秀)互相唱和，因他们的字或号都带有"灵"字，故称永嘉四灵。他们标举晚唐诗风，以清新之语言写野逸清瘦之趣，作诗崇尚贾岛、姚合。但是，因为力量太小，所以没有形成太大的影响。二是当时声势较大的江湖诗派。以临安的一个书商陈起刻的《江湖集》而得名。其诗人多以辛辣而尖刻的笔触揭露讽刺丑恶的社会现象，具有广泛而深刻的现实意义。诗风比起宋代盛时的诸家来，气格较卑弱，却比较真实地反映了宋末一些地位比较低微的士人的思想、生活和情感。代表作家有刘克庄、戴复古等人。三是爱国诗派。由于南宋统治者腐败荒

● 贾岛

五

宋元诗歌

080

● 文天祥

淫，国家危难，所以文人的内心情感多与国家命运息息相关，作品中难免会反映出保家卫国、英勇抗敌的情绪。代表作家有汪元量、林景熙、郑思肖、文天祥等人，他们有的投身抗元斗争，被执不屈，壮烈牺牲；有的转徙流离，悲歌慷慨。他们的诗作中充满了凛然正气、英雄气概、报国热情和爱国情怀，由此形成的爱国思潮不仅影响了诗坛，也影响了社会和国家。

4. 辽、金、元少数民族诗歌

辽代，呈现出汉族文人与契丹文人并存、汉族文学与契丹文学并存、文学中中原风格与契丹风格并存的特点。辽前期，出现过一批杰出的诗人，其中，以耶律倍最为突出，被推举为辽代首要文人。辽中后期，出现过优秀的后妃作家，其中以道宗皇后萧观音最为有名，其诗文字丰满，内容丰富，用典纯熟，艺术成就绝不亚于中原诗人。

金代初期，杰出的作家并不多见，而真正能够将中原诗风与女真特色结合起来的更是少之又少，只有金国第四代君主完颜亮做到了这一点。金代中期，经济繁荣，社会安定，文学得到比较全面的发展，诗、词、唱曲成就颇丰，硕果累累。金朝后期，国势衰微，出现亡国之兆，作家的心态变得复杂起来，诗歌创作也不再注重雕琢，关心民生疾苦的现实主义诗风逐渐占据主导地位，并产生了整个金代乃至中国文学史上的大家——元好问（1190～1257）。他写下了很多直接反映现实的优秀诗篇。这些诗篇，或者陈词激昂，或者凄清冷峻，或者细腻生动，呈现出与宋诗不尽相同的风貌，也展现出一幅丰富、真实的金朝社会生活画卷。

元代结束了长期以来分裂割据、多个政权并立的局面，实现了中国的统一，建立起一个以蒙古贵族为主的多民族的中央集权的封建王朝。元代商业活动空前繁荣，城市的发展也促进了文学艺术的快速发展，为文人提供了坚实的物质基础。但元代统治者实行重武轻文的政策，废除科举制，于是大批文人失去政治前途，开始为了生存而走入市井之间，与民间艺人生活在一起，客观上提高了通俗文学的思想艺术水准，反过来，也对他们自身的创作产生了积极而深远的影响。在这种情形下，中国文学开始发生重大转折，以诗歌散文为代表的正统文学逐渐衰落，以小说、戏曲为代表的通俗文学日渐成熟壮大。这一时期，诗文的发展程度远不及唐宋。他们的作品中呈现出明显的冷色调，在表达对现实生活状况不满的同时，流露出对宋朝的深切怀念，诗风黯淡、萧瑟、凄清、冷峻。这一时期，北方诗歌清淡古朴，自然豪放；南方诗歌趋于清丽婉约。创作古诗多学魏晋，律诗则学盛唐。元代中期，南北诗风趋向统一，出现了著名的"元代四大家"，即虞集、杨载、范梈、揭傒斯四人。其中，虞集、杨载以技巧胜，范梈、揭傒斯以内容胜，并且数虞集成就最高。元末时，则以王冕成就最高，杨维桢名气最大。总体看来，元代文人普遍偏向于唐诗，贬低宋诗，但是他们所学的只是唐诗中淡远平和、流丽明快的一派，并未习得唐诗精髓，所以难有成就，影响不大。

六

江河日下

——明清诗歌

明代，统治者在文化思想上实行严酷的控制，对文人采取笼络与高压并重的手段，实行八股取士制度，严格限制文人的思想。在这种情况下，明代诗歌的发展道路十分曲折，呈现复杂的状况。

明初诗坛死气沉沉，诗歌不再注重艺术上的追求与探索，只是作为某种社会意识的传声筒而存在；诗歌内容多以反映元末社会离乱、人民疾苦为主，借以抒发个人情怀，其中以刘基和高启的成就较高。随着社会进入太平时代，诗歌趋于平易雍容，粉饰太平、歌功颂德的"台阁体"应运而生，处处充满了宫廷贵族的福泽之气，并没有深刻的思想和痛切的感受。后来宦官当政，世风日下，"台阁体"逐渐失去了歌功颂德的对象。这时，以李东阳为代表的"茶陵派"一跃而起，雄踞文坛，成为当时领导诗坛的主要诗文流派。与此同时，李东阳以杜甫诗风加以匡正的做法直接引导了以李梦阳、何景明为代表的"前七子"复古运动的兴起，他们不依门户，自成风格，大力提倡诗文复古，有效地改变了诗坛的风气。随后，以李攀龙、王世贞为代表的"后七子"，在继承"前七子"主张的基础上，继续推动了文学的复古运动。他们提出"文必盛唐"的主张，从"文道合

六

明清诗歌

一”开始走向“文道分离”，充分肯定了“文”的独立地位与作用，声势和影响极大。所以，在此后的数十年间，复古之风弥漫文坛，陈陈相因，万喙同音。明后期，李贽注重个性精神，提出“童心说”。随后，以袁氏三兄弟为代表的“公安派”成为李贽文

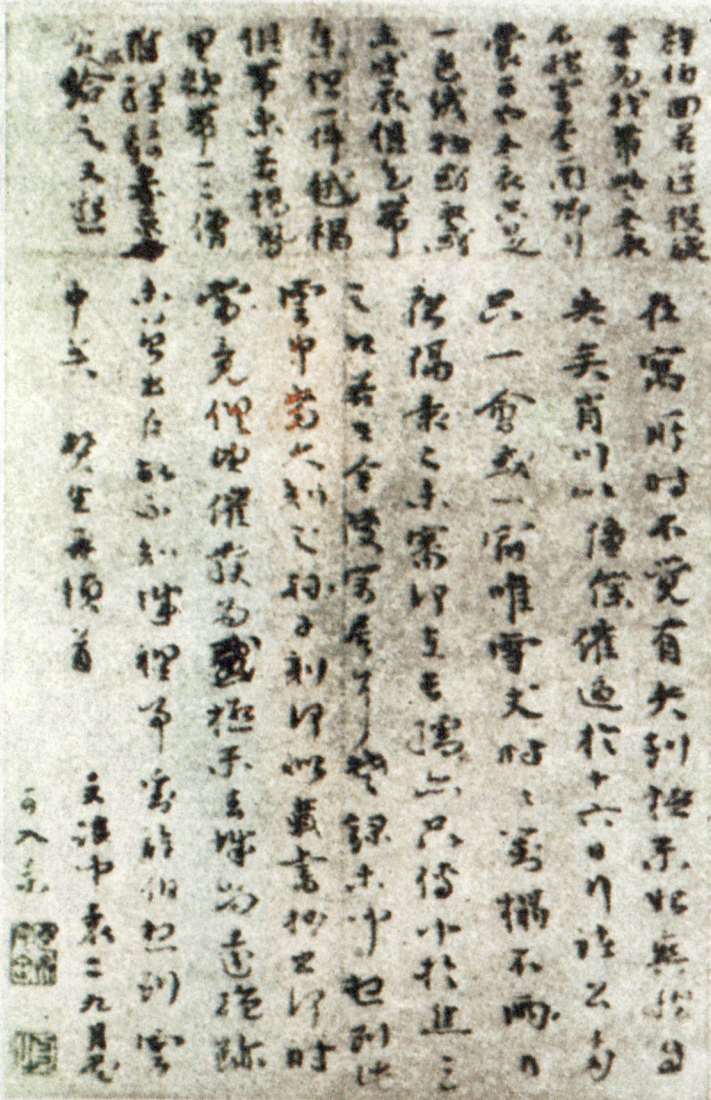

● 李贽手迹

学革新思想的突出表现。他们在反对前后七子复古运动的同时，顺利地完成了前后七子所要做到的切断宋代理学与文学联系的任务，独抒性灵，寻找到以独创的精神来表现个人真实情感这一文学最高境界，对后世文人创作产生了重要影响。待明王朝大势已去，病入膏肓时，广大文人深受刺激，情感出现极大波动，社会情绪由浮夸转向颓唐和激烈，诗文慷慨悲壮，苍凉凄楚，具有较高的审美价值。

● 李贽

　　清代，尽管统治者对文化思想统治较明代更为严格，但因清诗惩元、明之失，远追唐、宋，所以诗歌产量居历代之冠，并且独具特色，异彩纷呈。在美学风格上，清诗表现出清代审美思潮中重实和感伤这两大潮流的特色，促使广大文人从宋诗和唐诗中寻找自己艺术上的泉源，进而形成了宗宋和宗唐并举的局面。在艺术手法上，清诗兼容并蓄，呈现出崭新的风貌，代表作家有以钱谦益为首的宗宋派，以吴伟业为代表的宗唐派。但是因为宗宋与宗唐两派互不排斥，均有发展，所以唐宋诗歌的优点在清诗中都得到了继承和发展。

● 钱谦益

这一时期，诗坛主将王士禛将文学从清初浓重的政治阴影下分离出来，提出了影响一代诗人的"神韵说"，所谓"神韵说"就是强调文学的艺术性，摆脱政治等社会因素对诗歌艺术的干扰，更加注重诗歌本身淡远清新的境界和含蓄蕴藉的语言，从而最大程度实现诗歌排闲解愁的消遣娱乐功能。但是，这种主张在一定程度上忽略了诗歌的社会内容和真情实感，使得诗歌与社会脱节，思想深度和表现力量不够。清中期，以沈德潜为代表的宗法唐人的"格调说"，强调用唐诗的格调表现封建纲常思想，让诗歌为封建政治和伦理道德服务。以翁方纲为代表的宗法宋诗的"肌理说"，则主张以学问为根底，通过

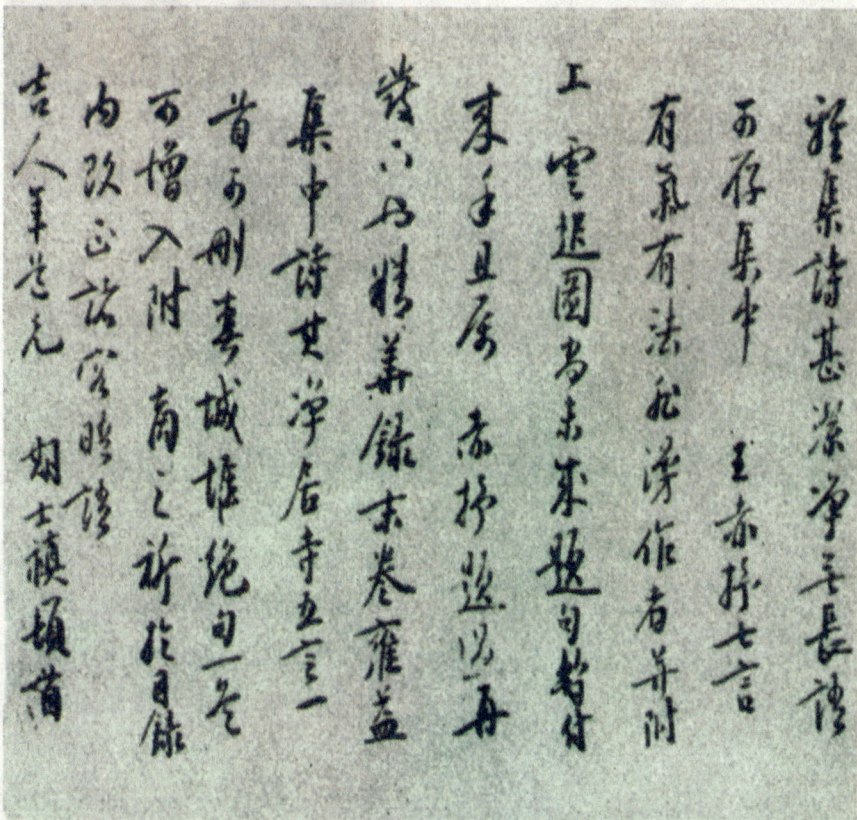

王士禛墨迹

考证来充实诗歌的内容，从而实现文理与义理的统一，达到外表空灵、内容充实的效果。这种学说，纠正了当时诗坛上广泛存在的神秘主义、形式主义流弊，起到积极作用，但是在一定程度上又把诗歌创作引向学问诗，起到一定的消极影响。以袁枚为代表的性灵诗派继承了晚明"公安派"思想的主情传统，认为写诗要以抒发人的内在情感为目的，对封建正统文学是一种有力的冲击。

1. 前后七子复古运动

明中叶以后，中国传统诗文的发展状况突出表现为复古与反复古两派的斗争，并且由此引发了众多小流派的出现，其中具有代表性的有前后七子、唐宋派、公安派、竟陵派以及晚明的复社等。他们各执一词，据理力争，相互排斥，此起彼伏，直至明亡。

(1) "前七子"

所谓"前七子"，即李梦阳、何景明、徐祯卿、边贡、康海、王九思、王廷相七人，其中以李梦阳和何景明最为著名。他们摈弃西汉以下的散文、中唐以下的诗歌，主张文章应学习秦汉，诗歌须宗法盛唐。

李梦阳（1473～1529）的诗作多反映现实，具有深刻的现实意义，如《经行塞上》一诗，意境开阔，浑厚有力，笔力苍劲，诗中就明中叶北方少数民族经常骚扰中原之事，斥责朝廷防御不力，歌颂将士们奋力抗战的精神。

天设居庸百二关，
祁连更隔万重山。
不知谁放呼延入，
昨夜榆河大战还。

● 李梦阳《经行塞上》

何景明（1483～1521）同李梦阳一同推动复古运动，但在成名后，又相互攻击，相持不下。他的才华要高于李梦阳，诗歌以李白、杜甫为榜样，而文章又学习司马迁、班固。他的诗中多有对黑暗时政和丑恶现象的抨击，以及对民生疾苦的关心。如《岁晏行》，诗中字里行间无不流露出对民众的同情，风格上也与唐代新乐府相似。

（2）"后七子"

嘉靖、万历年间，外患加重，明王朝的统治日益腐败，文学上出现了"后七子"，他们继承了"前七子"的道路，继续推动复古运动的开展。所谓"后七子"是指李攀龙、王世贞、谢榛、宗臣、梁有誉、徐中行、吴国伦七人。他们的主张并非完全一致，即便是就其中某一个人来说，也不是一成不变的。

李攀龙（1514～1570），"后七子"的领袖之一。他的诗歌中以七律和七绝略优，但因其以模仿剽窃为能，故创作上成就不大。

王世贞(1526～1590)同李攀龙一样是"后七子"的领袖。与李攀龙不同的是，尽管他也推崇秦汉文章、盛唐诗歌，但并不是盲目地继承、模仿，而是有一定的灵活性，故其影响力远在李攀龙之上。值得一提的是，他的文学主张在晚年时有了明显变化，文章不再模仿秦汉，而是独出心裁，流利畅达，与苏轼的散文相似；他的一些诗歌也具有强烈的政治针对性，特色鲜明，如五律名篇《登太白楼》，全诗气势恢宏，格调高古，具有很高的艺术价值。

2. 诗坛流派缤纷绚烂

明代，尽管诗歌发展日趋衰落，但是一些较有影响力的诗文流派还是给整个低迷的诗坛带来了一阵清新之气，影响并推动着诗歌继续前进。

(1) 台阁体

台阁体是明代永乐至成化年间具有代表性且影响较大的诗歌流派，因其代表人物杨士奇、杨荣、杨溥均为台阁重臣，故得名。他们的文风以歌功颂德、粉饰太平、雍容典雅、富丽堂皇为主要特点，在思想和气度上均显平庸，不足之处

● 杨士奇

六

明清诗歌

随处可见，成就不高。但台阁体深受一些追求利禄的文人推崇，所以这种诗风先后流行了近一百年时间。这段时间，真正具有价值的一些诗歌因为不合潮流而被埋没，可谓是中国诗歌史上的不幸时代。当然，这个时期也出现了不入时俗的真正诗人，于谦便是其中一例。作为民族英雄，于谦在诗中寄托了爱国忧民的热血情怀，与台阁体形成鲜明对比。

● 于谦

(2) 茶陵诗派

茶陵诗派是一个伴随着宦官当权、世风日下而兴起的诗歌流派，以李东阳最为著名。

李东阳（1447～1516）在文学创作上，提倡以唐诗为师，尤其是以杜诗为师，并企图借此来纠正台阁体空泛肤浅、毫无现实意义的诗风。但是，在创作实践上并没有完全摆脱台阁体的影响，而只是从音节、格调、用字等小的方面下工夫学习唐诗，咏怀史实，抒己感慨，或指斥暴君虐政，或同情人民疾苦。由于茶陵诗派中不乏馆阁文人，所以李东阳的学

● 李东阳

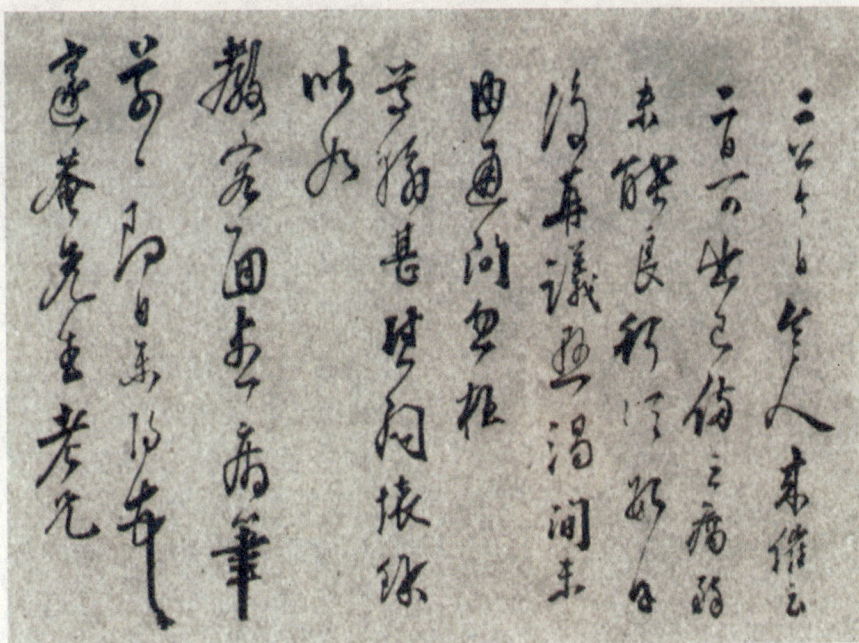

● 李东阳手迹

唐之风成为后来前后七子复古运动的先河，其创作和文学主张对于纠正台阁体虚空的诗风也起到了一定的积极作用。换言之，茶陵诗派实际上是从台阁体到前后七子的过渡，起到的只是桥梁式的沟通作用。

3. 后起新秀清代诗派

　　清代文学呈现出一种集大成的景观。各种文体再度辉煌，取得了很高的成就。清代诗文虽不及唐宋，但远超元明，尤其是在清王朝的统治日趋稳固之后，诗歌的现实性、战斗性逐渐减弱，复古主义日渐抬头，诗歌方面先后出现了神韵派、格调

明清诗歌

● 顾炎武

派和肌理派，词方面有阳羡派、浙西派和常州派。各种派别缤纷绚烂，百花齐放，蔚为壮观。

应该说，清朝初期的诗歌创作十分活跃，这其中，前代遗民诗人作出了重要贡献，代表作家有顾炎武、屈大均等人，当然，也有一些清朝本色诗人，比如钱谦益、吴伟业等。

顾炎武（1613～1682）与黄宗羲、王夫之并称为明清之际三大思想家。他主张诗歌应以抒发情感为本，而不是刻意追求

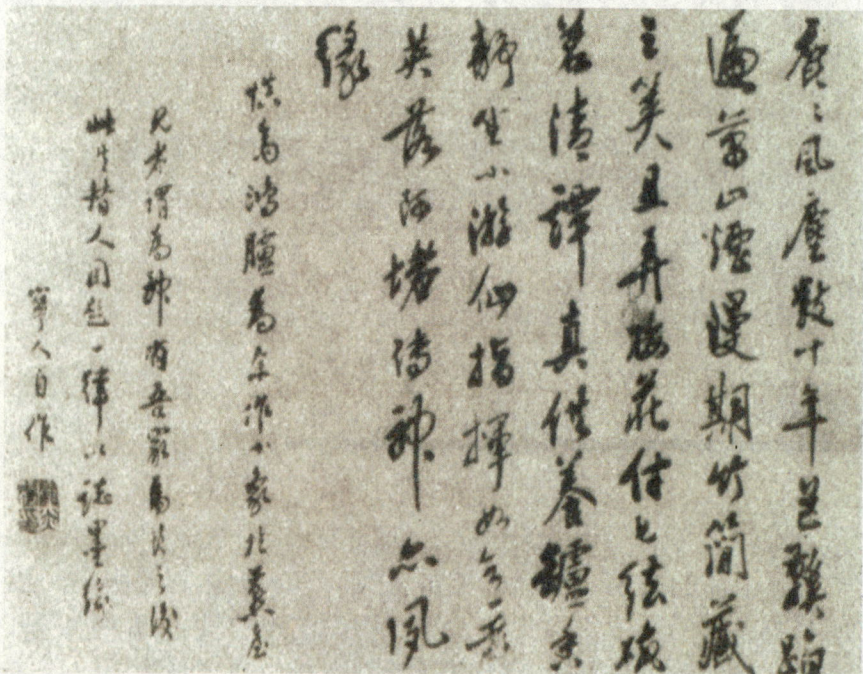

● 顾炎武墨迹

形式上的华美。坚持诗歌创作的现实主义精神。作为一位具有强烈民族意识的诗人，他的诗歌多以国家民族的兴亡大事为题材，托物寄兴，吊古伤今，具有丰富的历史内容和沉雄悲壮的艺术风格；也体现出强烈的现实性和政治性，极富史诗特色，沉郁苍凉，刚健古朴。

黄宗羲（1610～1695），明清之际著名史学家和思想家，曾秉承父志，领导复社文人坚持反对阉党的斗争。他学识渊博，精通经史、天文、历法、数学、音律，尤以散文成就突出，诗歌方面也有一定成就。

●黄宗羲

王夫之（1619～1692），明清之际著名思想家和诗人，学识渊博，著作宏富，于史学、哲学尤多创见。在诗歌创作上，他主张诗"以意为主"，提倡自然，反对泥古。其诗歌多为忧国忧民、讥讽时事之作，言辞深刻，精深警醒，对后世影响较大。

王士禛（1634～1711），神韵派主要代表作家。既推崇王维、孟浩然清淡闲远的风格，又不反对杜甫沉郁顿挫的诗风。早年时候，他曾提出诗歌要"典、远、谐、则"，即诗歌形式要典雅，意境要淡远，音律要和谐，体例要循法，这直接成为后来诗学的源头。他的诗学侧重于学习传统，同时又极力反对模仿，主张将学古和创新结合起来，自成一家。

●王夫之像

六

明清诗歌

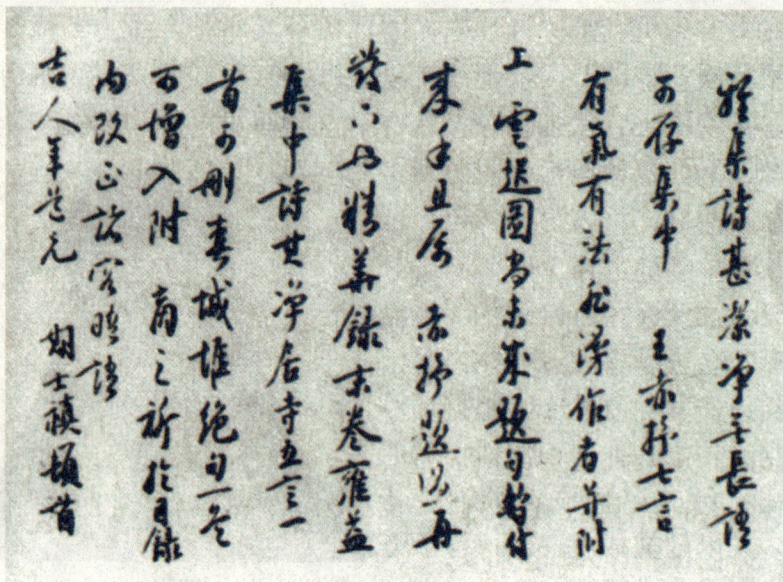

● 王士禛墨迹

在他看来，学习古诗应该以获取其神似为目的，而不是简单的貌似。他的诗论和诗作中均标举神韵，所谓神韵，并非单指王维、孟浩然的诗歌境界，而是指广义上的含蓄悠远的境界，对后世产生了深远的影响。

沈德潜（1673～1769），格调派主要代表作家。曾编写四大部断代诗选，试图通过诗歌史的编辑整理来达到发扬诗歌风雅传统的目的。他提倡含蓄蕴藉、温柔敦厚的诗歌风格，反对质直敷陈，并且有过纠正神韵派诗风空疏的初步尝试，但最终未能成功。在政治上，沈德潜可谓青云直上，一马平川，这对于他所提倡的宗唐主张的推广有很大的积极作用。另外，他在主观上企图振兴诗教的传统，恢复诗

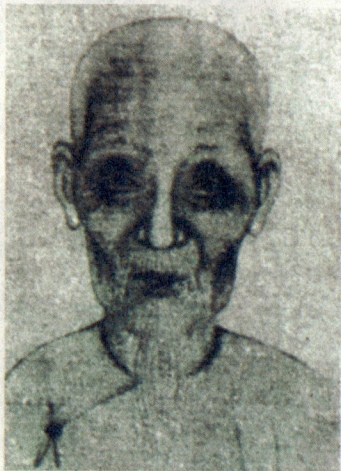

● 沈德潜

歌的政教功能。但是由于当时文学狱盛行，人心惶惶，所以在严酷的文化高压政策下，沈德潜的这一主观实际上只能是一种不切实际的梦想，不可能在现实生活中得到实施。

翁方纲（1733～1818），清代肌理派主要代表作家。认为诗歌应该注意研习肌理，而文章则须追求实际意义。主张在学习儒家经典的基础上，追求诗风的缜密。同时，也在自己的诗作中实践着这一理论，用义理和文理来诠释肌理，从而实现将诗学、学

● 翁方纲

● 袁枚

095

问、理学打通的目的。这也正反映了清代乾隆、嘉庆以后统一义理、考据、辞章的趋势。

袁枚（1716～1797），性灵诗派主要代表作家。其诗名显赫，与赵翼、蒋士铨一同被称为"乾隆三大家"。在诗歌创作上，追求清新灵巧、率真自然的风格，并且尤以咏史诗和记游诗最为出色；在诗歌理论上，明显继承了公安派的性灵主张，提倡摆脱拘束，自由洒脱，因情作诗，带有反道学的思想倾向。他的这种

六

明清诗歌

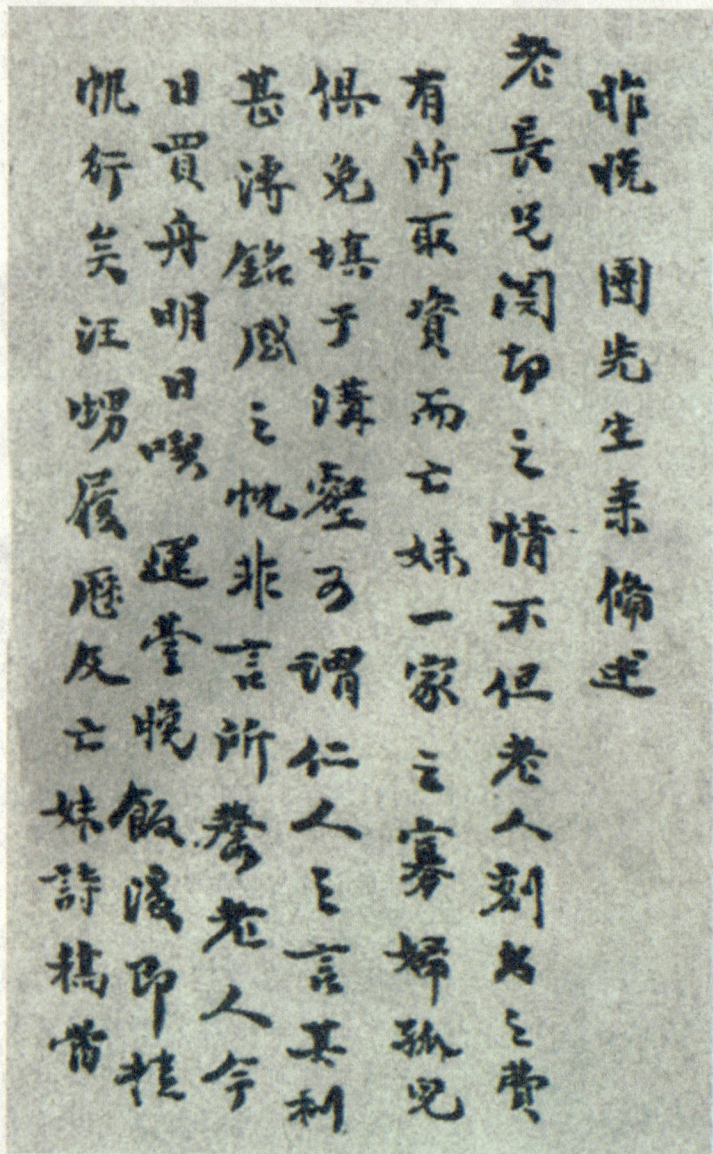

● 袁枚墨迹

具有批判性与开创性的思想主张在其作品中得到广泛体现。

黄景仁（1749～1783）是一位将毕生心血投入诗歌创作中的执著的诗人。他的诗情调感伤，凄婉幽怨，激楚苍凉，人称

"咽露秋虫，舞风病鹤"。他的诗风多姿多彩，继承了李白、李贺、李商隐的风格，著名诗评家甚至称其为"天才"、"仙才"，可见其诗歌成就之高。

总之，清朝是一个古代文化得到全面整理和总结的时期。在这个既特殊又重要的时期，每个人的理论主张都不可能是单纯的，前后不一致的现象也很正常。我们应该充分认识到这种潜在的复杂性，并以一种客观平和的心态来冷静视之。

● 黄景仁

以 1840 年鸦片战争为界，中国古代诗歌的发展正式进入近代诗歌时期。这是一个充满血腥、屈辱同时又充满革命热情的时期。帝国主义列强侵略，中国封建社会解体，资本主义开始萌芽，资产阶级随之产生，使中国从封建社会逐步进入半封建半殖民地社会。这一时期，人民群众与清政府和列强之间的矛盾激化，愈演愈烈，各种矛盾进一步尖锐化、表面化。在这种形势下，诗歌从内容到形式逐渐发展成为反帝反封建的匕首，在社会活动中起到越来越重要的作用。与此同时，维护封建统治的各种内容旧体制的诗歌也在不断挣扎，苟延残喘。

龚自珍（1792～1841）是近代中国维新思想的著名先驱者，也是首开近代诗歌进步潮流的杰出诗人。在文学上，他开创了以诗文创作批判封建腐朽统治和揭露封建社会弊端的新潮流。正如他在《已亥杂诗》中写的："九州生气恃风雷，万马齐喑究可哀。我劝天公重抖擞，不拘一格降人才。"由此可见，诗人希望借

098

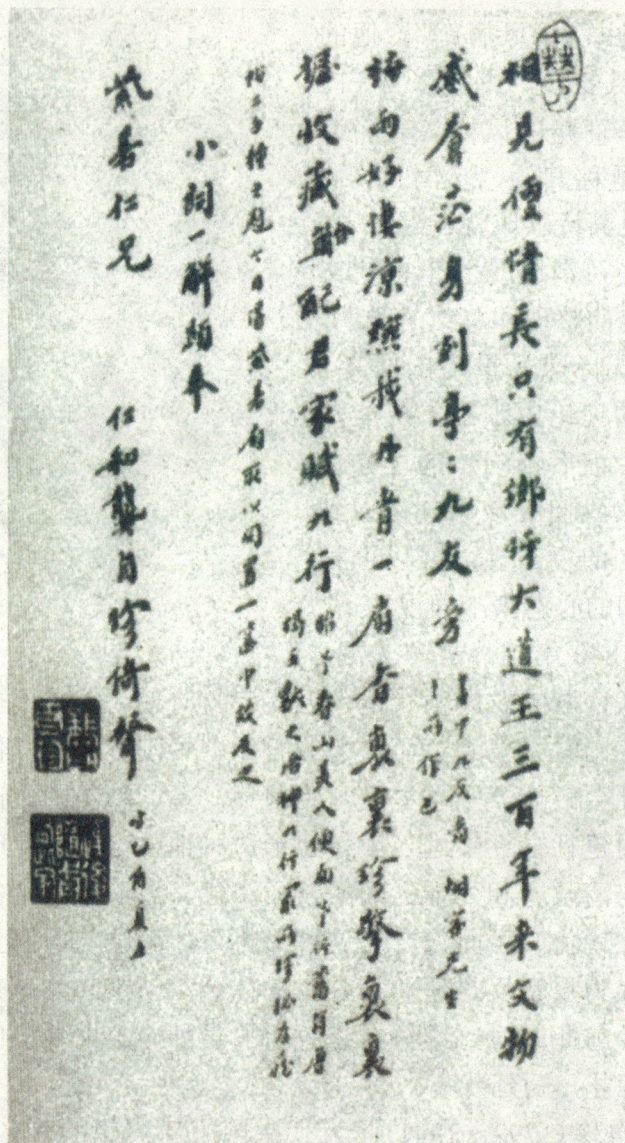

●龚自珍墨迹

助大变革冲破封建社会死气沉沉风气的强烈愿望。

此外，还有魏源、张维屏、林则徐、张际亮、姚燮、林昌彝等人，均用饱含爱国热情的笔墨，在控诉侵略者罪行的同时，揭露抨击现实，积极倡导变革。后来，随着梁启超"诗界革命"口号的提出，新体诗得到发展，并且涌现出一批杰出的诗人，比如黄遵宪、康有为、谭嗣同、丘逢甲等人。这次诗歌革新运动，开通了"五四"新诗运动的先河，预示着中国古典诗歌时代的终结和一个更加彻底的诗歌革命时代的到来，在诗歌发展史上具有深远意义。

"五四"时期是中国现代新诗极大发展的重要时期。这一时期，群星璀璨，出现了大批优秀诗人，比如胡适、鲁迅、郭沫若、成仿吾、郑振铎、朱自清、俞平伯、郭绍虞、叶圣陶、冰心、汪静之等。其中，郭沫若对新诗的发展成就最为突出，可谓新诗艺术的伟大奠基者。作为中国现代新诗运动的旗手，他也是中国新诗史上第一位开创一代诗风的伟大诗人，其代表作《女神》塑造了一个"立在地球边上放号"、"要不断的毁坏，不断的创造，不断的努力"的叱咤风云的叛逆者和革命者的"自我"形象，具有极高的现实意义。另外，各种诗歌流派也是争奇斗艳，层出不穷，如创造社、沉钟社、湖畔诗社、新月派、象征派、现代派、左联等，各种诗派的蓬勃发展，直接推动了抗战时期新诗的兴盛普及。

需要指出的是，"五四"以来，尽管新诗成为诗歌发展的主流，但自唐宋发展成熟起来的传统诗词依旧活跃于诗坛。毛泽东、周恩来、朱德、叶剑英、陈毅、董必武等革命领导人均是运用旧体诗词形式进行创作的佼佼者。特别是毛泽东，他的诗作集革命现实主义与革命浪漫主义于一体，具有极高的艺术价值，堪称前无古人的诗词瑰宝，为中国诗人树立了光辉典范。由此可见，传统的古典诗歌形式仍旧深受人们的欢迎喜爱，依旧具有顽强的生命力。

结束语

　　一路走来，漫长的中国古代诗歌发展史如同一条万里长廊，在鲜花的簇拥中，姹紫嫣红，芳香弥漫。

　　细细回味，点点追忆，在那渐行渐远、即将消散的历史钟声中，我们依旧可以清晰地找寻到那久违的熟悉味道。不论是明媚华丽的诗篇，干净质朴的文字，还是静如止水抑或惊心动魄的故事，都如同一颗颗亘古的恒星，光华璀璨，流照千年。

　　也许，我们只是一个过客，匆匆的脚步尚不足以在历史的长廊中留下片刻停留的身影，但是，可以肯定的是，这一路的旅途过后，我们收获了很多。那些不可言喻的珍贵而绚烂的宝贝如同清泉般静静地流淌过我们心中每一个干涸的角落，于是我们又见到了那片丛林般繁茂的绿色，它们悄悄地蔓延开来，将我们的希望连同梦想一起送入理想的天堂。

　　那里，是花开的国度，是诗的国度。

中国历史年代表

五帝			约前 2900— 约前 2000	
夏			约前 2070— 前 1600	
商	商前期		前 1600—前 1046	前 1600— 前 1300
	商后期			前 1300— 前 1046
周	西周		前 1046—前 256	前 1046— 前 771
	东周			前 770— 前 256
	春秋			前 770— 前 476
	战国			前 475— 前 221
秦			前 221— 前 206	
汉	西汉		前 206 —公元 220	前 206—公元 25
	东汉			25— 220
三国	魏		220— 280	220— 265
	蜀汉			221— 263
	吴			222— 280
晋	西晋		265— 420	265— 317
	东晋			317— 420
南北朝	南朝	宋	420— 479	420— 589
		齐		479— 502
		梁		502— 557
		陈		557— 589

北朝		北魏	386－581	386－534
		东魏		534－550
		北齐		550－577
		西魏		535－556
		北周		557－581
隋			581－618	
唐			618－907	
五代		后梁	907－960	907－923
		后唐		923－936
		后晋		936－947
		后汉		947－950
		后周		951－960
宋		北宋	960－1279	960－1127
		南宋		1127－1279
辽			907－1125	
金			1115－1234	
元			1206－1368	
明			1368－1644	
清			1616－1911	
中华民国			1912－1949	
中华人民共和国			1949－	

文明起源史话

黄河史话

长江史话

长城史话

体育史话

杂技史话

小说史话

饮茶史话

书法史话

服饰史话

 古塔史话

 西藏宫殿
寺庙史话

 七大古都史话

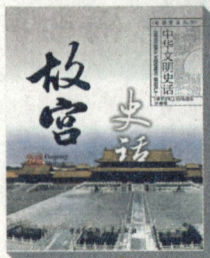 故宫史话

 民居史话

 饮酒史话

 绘画史话

 诗歌史话

 园林史话

 孔庙史话

《中华文明史话》 彩图普及丛书